KB059166

쥘부채

쥘부채

1판 1쇄 인쇄 | 2009. 9. 14.
1판 1쇄 발행 | 2009. 9. 21.

지은이 | 이병주
엮은이 | 김윤식·김종회
펴낸곳 | 바이북스
펴낸이 | 윤옥초

ISBN 978-89-92467-30-8

신고번호 | 제313-2005-000148호
신고일자 | 2005. 7. 12.

서울특별시 마포구 서교동 395-166 서교빌딩 703호
편집 02)333-0812 마케팅 02)333-9077 팩시밀리 02)333-9960

값은 표지에 있습니다.

바이북스는 책을 사랑하는 여러분 곁에 있습니다.
독자들이 반기는 벗 - 바이북스

이병주 소설

쥘 부 채

김윤식 · 김종회 엮음

바이북스
ByBooks

일러두기

1. 이 작품은 1969년 12월 월간 《세대》에 실린 단편소설이다.
2. 연재 당시의 내용을 그대로 살리되, 편집상의 오류를 바로잡고 기본 맞춤법은
   오늘에 맞게 수정했다.

차례

쥘부채

하아얀 눈 위에 검은 나비가 앉아 있었다.

주춤, 동식은 발길을 멈췄다. 이제 막 걷히인 어둠의 여운이 안개처럼 서려 있는 눈 위에 한 마리의 나비가 습습한 검은 날개를 활짝 펴고 있는 모습이었다.

이 겨울, 눈으로 덮인 이 계절에 나비가 웬일인가? 하고 시선을 쏘았는데 나비로 뵈던 그것이 나비가 아니었다. 나비의 그림이 새겨져 있는 부채 모양의 것이 반쯤 펼쳐져 있는 것이었다. 동식은 그것을 집어 들었다.

조그만 쥘부채였다.

동식은 그 부채를 손에 들고 안팎으로 뒤집으며 한참 동안 들여다봤다. 그리고 접어 보기도 했다. 길이는 7센티미터나 될까. 두께는 2센티미터, 아니면 2센티미터 반. 접은 채 손아귀에 넣어 보니 그 쥘부채는 길이로서도 부피로서도 동식의 손아귀에 버긋하지 않고 넘어나지 않았다. 동식의 손바닥 치수를 재어 보고 맞추어 만들어 놓은 것만 같았다.

그는 저도 모르게 주위를 살피는 눈이 되었다.

아직 이른 아침. 버스와 택시들이 바퀴에 끼운 체인 소리를 요란하게 철거덕거리며, 눈길을 질주하고 있을 뿐, 영천 고개에서 동식이 서 있는 독립문 근처까지, 그리고 서대문 네거리에 이르는 길엔 사람들의 그림자가 드물었다.

동식은 다시 쥘부채를 펴 봤다.

축을 중심으로 180도 일직선이 된 부분의 길이가 14센티미터가량, 축에는 청실·홍실·검은 실로 어우른 술이 달렸다. 부채라고 하기보단 부채를 닮은 완구, 완구라고 하기보단 마스코트의 의미가 짙은 그런 것이다.

상앗빛으로 매끄러운 피죽과 부챗살은 여간 섬세한 솜씨가 아니었다. 무슨 비단인 성싶은 하늘빛 바탕에 수놓은 검은 나비의 형태도 이만저만한 정교함이 아니었다. 너무나 섬세하고 정교한 그만큼 그 조그만 쥘부채엔 음습한 요기마저 감도는 느낌이었다.

단순한 습득물로서 소화시키기엔 그 진기함이 지나쳤다. 그러나 어떤 운명의 계시로서 받아들이기엔 동식의 심정은 아직도 신비로운 사고에 익숙하지 못했다. 그냥 집어던져 버릴 수도, 호주머니에 집어넣을 수도 없는 야릇한 심정으로 동식은 그 부채를 흔들어 보았다. 그런대로 바람은 일었다.

그는 부채를 접어 점퍼 포켓에 넣고, 바로 그 길을 걸어 서대문 네거리를 거쳐 신문로로 빠질까, 대로를 건너 사직터널을 지나 공원 앞 지름길로 빠질까 하고 망설이다가 자동차가 뜸한 틈을 타서 대로를 건넜다. 사직터널로 지나기로 한 것이다.

동식은 포켓 속에서 쥘부채를 만지작거리면서도 그 부채 생각은 잠시 잊고 다시 아까의 상념 속으로 말려들었다. 동식은 영천 고개를 넘어 부채가 떨어져 있는 곳까지 눈을 밟고 오면서 줄곧 설악산의 조난 사고만을 생각하고 있었다. 간밤, 라디오를 통해 그 조난 사고의 소식을 듣고 동식은 자기 나름의 충격을 받았었다. 아침, 눈을 뜨자마자 곧 라디오의 스위치를 틀었지만 그 몇 시간 동안에 진전된 소식이 있을 리도 없었고 사실 있지도 않았다. 동식이 받은 충격은 의연 꼬리를 물고 있었다. 버스를 타지 않고 눈길을 걷게 된 것도, 걸으면서 자기의 충격을 가라앉힐 속셈이었던 것이다.

설악산에서 조난한 열 명 가운데 동식의 친구가 섞여 있는 것도 아니고 아는 사람이 끼여 있는 것도 아니다. 감수성이 강한 탓으로 조난한 사람들에게 유별난 동정을 느낀 때문도 아니었다. 어쩐지…… 그렇다, 어쩐지 그 조난 사고에 마음이 휘말려들고 있을 뿐이다.

방학인데도 서울을 뜨지 않고 거리의 먼지처럼 굴러다니고 있는 동식에겐 난데없이 이목耳目 앞에 솟아난 설악산이란 그 이름이 우선 거창한 충격이었고, 겨울의 설악산을 등반하려다 조난한 비장함이 신선한 놀람이었고, 그 충격과 놀람이 불러일으킨 감정이 상승 작용을 하며 퍼져 가는 파문을 뚫고 설악산이 다시 신비로운 모습으로 다가서곤 했다.

동식은 설악산에서 조난한 사람들에게 일종의 질투 비슷한 감정조차 느끼고 있는 스스로의 마음을 발견했을 때 얼굴을 붉혔다. 그러면서도 질투의 연유를 곧 깨달을 수는 없었다. 며칠 전 읽었던 어떤 글에서 얻은 감동과 무슨 관련이 있는 것인

지도 몰랐다.

산으로 가라!

해발 1만 척, 산 위에선 에덴동산의 샘물과 같은 맑은 공기를 마실 수 있다. 네 육과 마음을 감싼 공기엔 아무런 압력도 없다. 아무런 빛깔도 없다. 그 공기를 마신 나의 폐장엔 달콤한 꿀방울 같은, 육과 마음의 영양만이 남는다. 나는 소생한다. 그러나 이건 산 위에서의 얘기다.

아니다, 라는 내심의 소리가 있었다. 동식은 사직터널 안으로 걸으면서 '사자死者는 영원히 젊다.'는 사상을 익혀 보았다.

'그럴 수밖에, 죽은 사람은 영원히 젊다.'

만일 그들이 설악에서 죽었다면 그들은 설악에서 영생을 얻은 셈이다. 이렇게 생각하다가 동식은 지금 이 순간 죽음과 격투하고 있을지도 모르는 그들을 죽은 사람으로 감정해 보는 스스로에게 죄를 느꼈다. 그 조난자 열 명의 가족들과 애인들의 모습이 아무런 구체성도 띠지 않으면서 가끔 어떤 추상화에서 받은 것 같은 강렬한 인상의 더미가 되어 눈앞을 스치기도 했다.

그러나 생각은 자꾸만 죽음의 방향으로 기울어 들었다.

수천 년 동안 젊음을 냉동할 수 있는 얼음 자국이 쌓인 눈, 설악! 그들은 죽음으로써 영원한 젊음을 설악에서 얻었다. 다가선 죽음을 그들은 어떻게 맞이했을까. 프로메테우스처럼 비장한 얼굴이었을까, 헤라클레스처럼 단호한 표정이었을까. 아마 고통은 없었을 게다. 냉정하고 슬기로운 정신을 담은 채 육체가 그대로 동상마냥 빙화했을 것이니 말이다. 축축이 젖어 오는 습기와 더불어 육체가 얼어 가면 의식은 잠들 듯 조용해지고 완전히 얼어 버린 순간 가냘픈 생명은 촛불처럼 꺼지고, 눈은 쉴 새 없이 내리고 쌓여 순백의 무덤을 만든다. 이집트 황제의 무덤보다 거대하고 페르시아의 궁전보다 찬란한 무덤. 설악산은 이제 막 젊은 영웅들의 죽음을 안고도 움직이지 않고 슬퍼하지 않는다.

동식은 돌연 자기가 설악의 무덤 속에 동상마냥 빙화하고 있는 모습을 상상했다. 설악산에서 빙화한 그의 모습은 그를 버리고 미국으로 떠난 변절한 애인의 가슴속에 평생토록 녹지 않을 빙상氷像으로서 남을 것이었다. 해와 더불어 그 여인의 머리칼에 백발이 붙어 가고 그 얼굴에 주름이 더해가도 그 가슴팍에 얼어붙은 동식의 젊음은, 그 젊은 눈동자는 언제나 차가

옵게 눈을 뜨고 있을 것이었다. 그런데도 설악에서 얼음의 동상이 되지 못하고 설악의 조난자들에게 대한 터무니없는 질투를 반추하면서 동식은 먼지처럼 지금 어두운 터널을 굴러가고 있는 것이다.

자동차가 지나가는 빈도가 잦아졌다. 줄줄이 헤드라이트가 터널의 벽을 스치고 클랙슨 소리가 귀에 따갑도록 요란하게 반향한다.

동식은 터널을 빠져나와 사직공원 앞에서 지름길을 걸어 신문로로 나왔다. 거기엔 파출소가 있었다. 그는 문득 쥘부채 생각을 했다. 경찰관에게 신고를 해 버릴까 하는 마음도 돋았지만 그 마음과 더불어 그럴 수 없다는 생각이 의지처럼 굳어졌다.

설악산과, 젊은 죽음과, 변절한 애인과, 거리의 눈 위에서 주운 쥘부채, 이러한 맥락 없는 관념의 인자들이 어떤 의미의 방향을 모색하려는 듯 바쁘게 교차하는 심상을 지켜보는 마음으로 동식은 포켓 속에서 다시 한 번 그 쥘부채를 쥐어 보았다.

동식이 가는 곳은 신문로에 있는 유柳 선생의 집이다. 거기에서 동식을 끼워 네 사람의 학생이 유 선생을 중심으로 불란서의 희곡을 읽게 되어 있는 것이다. 모이는 시간은 그때그때의 사정에 따라 달랐지만 수업이 있을 때는 매주 한 번, 방학할 때는 매주 세 번씩 모이기로 되어 있었다. 모든 일에 게으른 성미를 가진 학생들이었지만 유 선생 집에서 모이는 이 모임에만은, 벌써 일 년 남짓한 세월이 지났는데도 아직껏 한 사람도 빠진 일이 없고 피차의 사정을 어렵게 할 정도로 정한 시간을 어긴 적이 없었다. 그만큼 모두들 유 선생을 좋아했고 이 모임이 마음에 들어 있었다.

유 선생은 학생들이 다니고 있는 대학의 선생도 아니고 다른 학교에 나가는 선생도 아니다. 본인의 말을 빌리면 그저 누항에 묻혀 사는 은사다. 우연한 기회에 어느 선배의 소개로 불란서 문학과 철학에 조예가 깊다는 것을 알고 불문과에 다니는 친한 친구끼리 유 선생을 찾아간 것이 기연이 되어 함께 책을 읽기로 된 것이다.

신문로는 고급 주택이 많이 서 있는 지대다. 2, 3층의 고급 주택이 즐비하게 늘어서 있는 사이에 유 선생의 집만이 구가의 옛 모습을 지니고 조촐하게 끼여 있다. 대문이 반쯤 열려 있었다. 동신은 좁은 뜰을 걸어 몸채에서 잇달아 낸 서재 앞으로 갔다. 노크를 할 필요도 없었다. 유리창을 넘어 한창 얘기꽃을 피우고 있는 학우들의 모습도 보였고 소리도 들려왔기 때문이다.

도어를 열었다. 방 안의 훈기와 더불어 낯익은 시선들과 향긋한 커피 냄새가 한꺼번에 풍겨 왔다. 활활 소리를 내며 타고 있는 오일 스토브 위의 커피 케틀이 기분 좋게 끓고 있었다.

차가운 설악의 풍경이 일순 뇌리를 스쳤다.

"동식이, 너 오늘 조금 늦지 않았어?"

A가 팔뚝을 들어 시계를 보면서 말했다. 동식은 엉겁결에 왼손이 만지작거리고 있는 쥘부채를 꺼낼까 하다가 말고 유 선생에게 인사를 드리고 소파의 끝에 가 앉았다.

동식이 들어오는 바람에 중단되었던 얘기가 다시 이어졌는데 역시 설악산의 조난 사고가 화제였다. 그런데 이상하게도 각기 익살을 부림으로써 내심의 감상을 카무플라주하려는 눈치였으나 모두들의 어조엔 조난자들에게 대한 동정보다는 그들에게 대한 시기, 아니면 동경 같은 냄새가 묻어 있었다.

"하여간 죽음의 형식으로서는 최고가 아닌가?"

C가 이렇게 말하자 B가 혀를 찼다.

"넌 약간 건방져, 자아식 죽음의 형식을 골고루 마스터한 것 같은 소릴 하구 있어."

C도 지지 않았다.

"이놈아 꼭 마스터해야만 되는가? 이 형편없는 실증주의자!"

B가 뭐라고 말하려는 것을 유 선생이 막았다.

"아직 어떻게 되어 있는지 모르는데 죽었다는 말은 하지 말어!"

이 유 선생의 말을 받고 A가 말했다.

"가만히 듣고 있자니까 B나 C는 설악산에서 가서 죽지 못해 환장한 놈 같은 말투다."

"너절한 평화보다 상쾌한 비극이 낫다, 이 말 아닌가."

C가 이렇게 말꼬리를 물고 나오자 유 선생이 손을 저었다.

"이대로 나가단 또 일대 논전이 벌어지겠다. 너희들은 꼭 벌레 같다니까. 자 커피나 마시자."

커피는 케틀에서 포트로, 포트에서 컵으로 옮겨질 때의 과정이 좋다. 암흑색 액체의 줄기가 쭈르르 소리를 내고 장밋빛 안개가 아련히 피어나는 순간이 기막히다.

컵을 양손으로 움켜쥐고 훌훌 불며 한 모금 마시고는 A가 호들갑을 떨었다.

"커피란 게 이렇게 좋은 맛이란 건 처음으로 알았다."

참으로 좋은 커피맛이었다. 유리창 밖으로 바라뵈는 눈꽃을 꽃피운 나뭇가지가 더욱 맛을 돋우었다. 설악의 친구들은 이 커피맛과도…… 하다가 동식은 매정스럽게 자기를 버리고 딴 사람과 결혼해 버린 애인을 생각했다. 그 여인은 버릇처럼 말하곤 했다.

"내일 아침 또 따끈한 커피를 마실 수 있을 게다, 생각을 하면 행복하게 잠들 수가 있다."

실감이 있는 말이라고 그것을 들었을 땐 흐뭇해했다. 사람의 행복이란 결국 그런 사소한 즐거움의 누적에 지나지 않은 것이 아닌가, 하는 식으로 제법 대견스러운 의견을 덧붙여 보기도 하면서.

한 잔의 커피가 끝나기도 바쁘게 C군이 익살을 부렸다.

"커피맛도 알고 술맛도 알고 했으니 이제 무엇 맛도 알면 A군은 사람 다 되네."

"그 뭣 맛이란 건 뭐냐?"

B군이 짓궂게 물었다.

"너 몰라서 묻나?"

"그래."

"풍기상 대답을 못 하겠어."

"C군 꽤나 말을 할 줄 아는데."

하고 유 선생이 웃었다. 학생들도 따라 웃었다.

"사람이 되자면 우선 환멸의 맛을 알아야 하는 거다."

A가 제법 함축이 있는 듯이 말했다.

"아직 환멸의 맛을 모르나?"

하고 B가 시비조로 나섰다.

"나면서부터 환멸, 환멸 아냐? 나고 보니 중단된 국토였더라, 얼마 안 가 6·25동란이더라, 대학에 들어가 보니 그 꼴이 그 꼴이더라."

"환멸의 맛은 쓰디쓴 쑥물처럼 쓰다, 예이츠의 시에 그런 게 있잖아?"

"C군, 그런 엉터리 떨지 마, 예이츠의 시에 어디 그런 게 있어?"

"야야 B여! 조금쯤 내가 아는 척하는 것 봐 넘겨 주면 어때?"

"그렇게 간단하게 항복해 버릴 건 뭐 있노?"

A가 거들었다.

"그러다가 버릇된다야, 아무개 교수처럼."

B가 눈을 흘겼다.

"환멸이 쁜 것만은 아냐. 쓰다고 해서 나쁜 것만도 아니구. 한 꺼풀, 한 꺼풀씩 가면이 벗겨져 나가는 뜻도 되는 게고, 그만큼 실상에 다가서는 뜻도 되는 거지. 환멸 없는 인생이란 게 있었나, 생활의 양념 같기도 한 거다."

설교 비슷한 얘기가 되고 보니 유 선생은 약간 수줍은 표정을 띠었다. 유 선생은 학생들보다 거의 한 세대 위이면서도 어른티를 내지 않는 것이 좋았다. 어떤 철따구니 없는 소리를 학생들이 지껄여 대도 그 하잘것없는 의견을 무시하는 태도를 취하지 않았고, 의견 충돌이 있으면 동격으로 싸웠다. 학생이 언젠가 그런 뜻의 말을 했더니 유 선생의 한다는 말이 이랬다.

"아직 나도 철이 덜 들었으니까."

유 선생이 텍스트를 꺼내 들었다.

"그럼 시작해 볼까. 오늘은 제3장부터지. 자 그럼 A군."

A는 유창한 발음으로 읽어 내려갔다. A의 불란서어 발음은 본바닥의 파리장을 뺨칠 정도라는 정평이 있었다. A군에 비하면 유 선생의 발음은 엉망이다. 로마자를 표기한 그대로 읽어

가는 발음이었다. 맨 처음 학생들은 유 선생의 발음을 듣고 킬킬대며 웃었다. 학생들은 학교에서 불란서의 반제품半製品쯤이나 되는 선생들에게서 월등하게 좋은 발음으로 배워 왔기 때문에 아무리 자제를 하려고 해도 유 선생의 뒤죽박죽한 발음엔 실소를 터뜨리지 않을 수 없었다.

유 선생은 고등학교 때 고의로 발음을 무시하는 일인日人 교사에게서 불란서어를 배웠다. 대학에 들어갔을 때, 그 대학에 발음 겸 회화를 가르치는 젊은 불란서 여성이 있었는데 첫 시간에 그 여성의 비위를 거슬러 놓았다. 환영하는 뜻으로 서툰 불란서 단어를 휘두르며 환성을 올린 것을 그 여성은 자기에게 대한 인격적인 모욕으로 받아들였던 것이다.

"불란서는 자유의 나라라고 하지만 사제 간의 구별은 대단히 엄격한 모양이야. 그런 전통 속에서 자란 여성이 돼 놓으니까 우리들의 소행을 용서할 수 없었던 모양이지. 학교를 그만둬 버렸어. 주임 교수가 노발대발해서, 너희들이 뿌린 씨앗은 너희들이 거두라면서 끝내 발음 교사와 회화 교사를 우리 반엔 보내지 않고 말았지."

그러나 후회하지 않는다면서 유 선생은 이런 말도 했다.

"외국어의 발음은 조금쯤 서툴러야 해. 나처럼 심한 경우는 물론 안 되지만. 외국어를 너무 잘 지껄이면 뭔지 비루해 뵈고 닳아먹은 것 같고 하잖아? 더욱이 불란서어는 콧소리를 내야 하는데 서툴게 잘 하려다가 실수한 콧소리를 들어 봐. 이가 빠진 문둥이 흥청대는 소리나 다를 게 있는가. 허지만 이런 소린 약자의 변명이지. A군쯤 되는 사람이 해야 할 소리다."

학생들은 유 선생의 말을 약자의 변명만으로 듣지 않았다. 우선 발음에 능한 A가 대단히 좋은 소리를 들었다면서 재빨리 실천하려고 들었다. 학교의 강의 시간에 A가 텍스트를 읽는 지명을 받았는데 A는 유 선생 투로 텍스트를 읽어 내려간 적이 있었다. 주임 교수인 Y선생이 깜짝 놀란 표정으로 노려보고 있더니, 어떻게 된 셈이냐고 따졌다. 그리곤 교실을 조롱한다면서 호되게 A를 나무랐다. 이 얘기를 했더니 유 선생도 정색을 하고 A를 꾸짖었다.

"발음은 너희들 배운 대로 해. 내 뽄을 따면 나를 조롱하는 것이라고 인정할 테니까."

이것은 모두 옛날 얘기다. 유 선생은 학생들과 어울리기 위해서 필요하다고 생각했던지 자신의 발음을 대폭 고쳤다.

A에서 B로 넘어와 어느덧 C가 읽을 차례가 되었다. 텍스트는 흥미가 있는 내용이었지만 동식은 점퍼 주머니에 있는 부채에 자꾸만 마음이 쏠렸다. 부채에 마음이 쏠리자 이젠 명료한 물음의 혁신으로 생각이 번져만 갔다.

어떤 사람의 부채일까, 누가 만든 부채일까, 뭣을 하기 위한 부채일까. 어떻게 바로 그 부채가 거기에 떨어져 있었을까, 하필이면 내가 왜 그 부채를 줍게 되었을까, 어떤 우연 이상의 의미가 있는 것일까…….

C가 동식의 옆구리를 꾹 찔렀다. 깜짝 놀랐다. 동식이 읽을 차례였다. 어디부터지? 하는 눈초리로 페이지 위를 더듬는 것을 보고 C는 손을 건너 동식의 책장을 두어 장 넘겨 놓곤,

"여기부터."

하고 손가락으로 가리켰다.

동식은 읽어 내려갔다. 두어 페이지 읽고 나니 유 선생은 그만, 하고 이때까지 읽은 부분을 우리말로 고쳐 보라고 했다. 다행히 대수롭지 않은 것이어서 동식은 건성으로라도 우리말로 옮겨 갈 수 있었다. 그러는 도중 'Va-t′en'이란 대사가 부딪쳤다. '봐, 땅'이란 '가라'는 뜻이다. 그런데 '가라'고만 번역하기엔

뭔지 조금 모자라는 느낌이었다. 하지만 적당한 생각이 떠오르지 않고 그 이상 망설이고 있을 수도 없어서 '가라'고만 해 버렸다.

"가라! 그래도 되긴 하지만,"

하면서 유 선생은 아쉽다는 표정으로 말했다.

"전후의 문맥이 있잖아? 어떻게 좀 더 적당하게 할 수 없을까?"

동식이 머뭇거리는 눈초리로 A쪽을 보았다. A가 말했다.

"그럼 가라, 또는 가요 그럼 하면?"

"됐어, 이 경우엔, 가요 그럼이 적당하다."

다시 차례는 A로 넘어갔다. 그러나 동식은 '봐, 땅'이란 말에 걸려 버렸다. VA TE EN의 준말, EN은 '여기에서'라는 뜻을 가진 말이다. 직역을 하면 '여기에서 떠나자'로 된다. 그런데 EN이란 말엔 '그럼'이란 뜻이 또 있단 말인가. 이런 초보적인 문제를 들고 물어볼 수도 없는 쑥스러운 마음의 바탕 위에 '봐, 땅'이란 단어가 검은 부채와 더불어 빙빙 돌았다.

다시 동식의 차례가 되었다. 그는 또 어물어물했다.

C가 책장을 넘기고 읽을 곳을 가리키지 않으면 안 되었다.

"너 이상한데?"

B는 중얼거렸다. A는 의아한 표정이었다. 동식은 고개를 들어 유 선생의 얼굴을 볼 수가 없었다. 어색하게 텍스트를 읽기 시작했다.

이럭저럭 그날의 과업이 끝났다. 끝나고 난 뒤 유 선생이 물었다.

"동식 군, 무슨 걱정이라도 있나?"

동식은 당황했다. 화끈 얼굴이 달아오르는 느낌이었다. 선뜻 쥘부채를 꺼내려고 왼손을 점퍼 주머니에 넣었다. 그러나 손을 거기에서 멈춰 버리고 간신히 말했다.

"아뇨, 별일 없습니다."

A군이 불쑥 한마디했다.

"걘 실연했어요."

"실연?"

하고 유 선생은 동식을 보며 부드럽게 웃었다. 그러나 그 이상 아무 말도 하지 않았다.

"남산으로 가자."

"남산으로 가서?"

"눈에 덮인 서울을 구경하다가 내려와서……."

"그리고?"

"영화나 보다가."

"나이롱뽕이나 할까?"

"그리곤?"

"진 놈이 대포 사지."

유 선생의 집을 나와 한길을 걸어오면서 이런 말들을 주고 받다가 C는 돌연 혀를 찼다.

"기껏 낸다는 아이디어가 항상 그 꼴이야."

"태평성대의 대학생이 그렇고 그렇지, 뭐 별수 있겠나."

한 것은 A.

"그렇다고 설악산에 뒤쫓아 가서 조난이라도 당해야겠단 말인가."

한 것은 B.

그러나 일단 남산으로 가기로 작정은 되었는데 동식은 그 속에 끼지 않기로 했다. 셋은 일제히 공격의 화살을 던졌다. B는 심지어 '너 성병에 걸린 건 아니지?' 하는 투로 신랄한 조롱까지 했다. 중구난방의 상태에서 동식은 '급한 볼일이 있다.'고만 해 놓고 학우들에게 등을 돌렸다. 어수선한 문제를 혼자 간직한 채 그들과 어울려 놀 수 있을 것 같지 않았기 때문이다.

동식은 혼자 덕수궁 담길을 돌았다. 사람의 그림자가 드문 호젓한 길, 담벼락 위로 자욱이 쌓인 눈, 그 위로 넘실거리는 가지마다에 꽃핀 눈! 위트릴로의 설경도 이처럼 아름답지는 않다고 생각했다. 설악산의 조난자들이 다시 뇌리를 스쳤다.

그들은 아무도 기다리는 사람이 없는 설악산으로 갔다. 영화관도 다방도 대폿집도 도서관도 없는 험준한 산으로, 산이 거기에 있다는 이유만으로 부모의 곁을 떠나 애인과 하직하고 거기엘 갔다. 건강한 마음이 좇는 허망이란 병든 마음이 키우는 희망보다는 더 허망하다. 태양처럼 찬란한 허망, 태양처럼 넓은 허망 속에 그들의 건강과 의욕과 젊음은 수정처럼 결정結晶할 수 있을까. 일체의 정열과 포부와 염원을 압축해서 한 알의 수정이 되리라는 사상엔 감동이 있다. 동식은 덕수궁 안으로 들어섰다. 눈이 쌓인 오전의 덕수궁 뜰엔 사람의 흔적이란 없었다. 역사의 이끼가 눈의 의상을 입고 이날의 덕수궁은 학생의 독차지였다. 눈을 인 등나무 밑 벤치, 마른 곳을 찾아 동식은 걸터앉았다.

호주머니에서 부채를 꺼냈다. 그러고는 그 부채를 180도 각도로 펴 들고 자세히 들여다보기 시작했다. 양편 피죽은, 폭 4밀리미터가량, 방사형으로 뻗은 대오리는 각각 2밀리미터, 대오리와 대오리 사이의 가장 넓은 부분도 2밀리미터, 일직선을 이룬 축엔 8모로 깎인 못이 박혀 있고, 이 못이나 대오리나 피죽은 모두 상아, 아니라도 그것 비슷한 것으로 되어 있었다. 그런데 피죽이나 2밀리미터씩의 폭을 가진 대오리는 정밀 기계에서 뽑아낸 것처럼 정교했다. 동식은 부채를 앞으로 돌렸다.

낡은 하늘색의 바탕 위에 두부頭部를 밑으로 한, 나비 한 마리가 손바닥의 넓이 가득히 수놓여 있었다. 나비의 빛깔은 검게 보일 정도의 녹색, 날개의 바닥엔 붉은 무늬를 점점이 놓았고, 날개 언저리의 굴곡에는 교치巧緻를 다하고 있었다.

보면 볼수록 정교하게 만들어진 부채, 아무튼 하루이틀에, 아니 한두 달에 만들어질 수는 없는 물건의 됨됨이였다. 대오리 사이에 끼인 비단의 빛깔은 진한 감색인데 색이 낡은 하늘색인 것을 보면 한두 해가 지난 물건도 아닌 것 같았다. 더욱이 그 상앗빛의 피죽과 대오리엔 긴 세월을 두고 사람의 기름이 스며든 듯한 반들반들한 두께마저 느껴졌다. 그럼에도 섬뜩한 마음은 들어도 불결하다는 생각은 들지 않으니 이상한 일이었다.

'사랑을 구하기 위한 기원의 산물인가?'

'저주하기 위한 부첩의 뜻인가?'

사랑을 비는 마음에도 알맞은 부채이며 저주를 위한 부첩으로서도 어울리지 않을 바 아닌 부채라고 생각하니 동식은 선뜻 무슨 계시와 같은 것이 상념 위를 스치는 것 같아 마음을 가다듬었다. 이렇게도 저렇게도 생각할 수 있는 부채의 의미 저편에 성녀의 의미심장한 미소가 떠올랐기 때문이다. 동식은 그 미소를 사랑할 수 있었다. 동시에 그 미소를 저주할 수도 있었다.

성녀는 동식보다 세 살 위인, 동식이 다니는 대학의 대학원생이었다. 자질구레한 동기만으론 동식의 성녀에 대한 사랑을 설명할 수가 없다. 동식이 이 세상에 태어난 것이 우연이었다면 그 사랑도 우연일 것이고, 동식이 이 세상에 태어난 것이 필연적이었다면 그 사랑도 필연이었을 것이다. 동식이 성녀를 처음 만났을 때 그는 성녀를 사랑하기 위해서 자기가 이 세상에 나왔다고 느꼈고, 성녀는 자기를 사랑하기 위해서 있다고 생각하며 의심하지 않았다. 그만큼 서로는 자연스럽게 말을 건넬 수 있었고 함께 거리를 걸어 다닐 수 있었고 거리낌 없이 서로의 마음을 펴 보일 수가 있었다. 사랑의 고백을 한 것은 성녀 편에서였다.

동식은 그 밤을 잊지 않는다. 2년 전의 4월 20일 밤 아홉 시, 동식과 성녀는 남산의 팔각정 위에 있었다. 오를 때 안개가 짙어 자동차의 헤드라이트가 1미터 앞을 뚫을 수 없는 정도였는데 팔각정에 이르자 시야는 완전히 막혀 버렸다. 그 무수한 전등불이 하나도 보이지 않았다. 서울의 도시는 완전히 안개 속에 묻혔고 동식과 성녀는 아득히 하계를 하직하고 구름 위로 올라온 천사의 고독을 닮을 수 있었다.

그때였다. 성녀가 동식의 목을 안고 속삭였다. "아이러브." 동식은 벅차게 숨을 내쉬면서 응했다. "오오씨무아." 둘이는 얼마 동안을 서로 안고 안긴 채 서 있었는지 모른다. 안개의 바다 위에 하나둘 전등불이 솟아나고 서울의 면모가 소생한 등불로 해서 아슴푸레 윤곽을 찾았을 때, 동식과 성녀는 경찰관들의 눈치를 피하면서 조용히 산을 내려왔던 것이다. 무슨 일이 있었는지, 단순한 짙은 안개를 걱정한 때문인지 그날 밤 팔각정 근처엔 무장한 경찰관들이 출동해 있었다.

동식은 성녀와의 사랑의 고백을 위해서 서울의 등불이 일제히 그 빛을 안개 속에 숨겨 주었다는 해석을 즐겼다. 그런데 지금에 와서 보면, 안개의 위계僞計에 넘어간 것이 아닌가 하는 생각으로 마음이 쓸쓸했다. 성녀의 사랑의 고백을, 서울을 덮어 버린 안개의 조작을 예상하지 않고는 상상할 수가 없다고 생각하면 그 고백은 절해고도에서의 사랑의 가능을 시사한 것이긴 해도 절대적인 사랑의 고백이라곤 할 수 없는 것이 아니었을까. 그 숱한 우리말을 두고 하필이면 어색한 영어와 불란서 어로써 응수되었다는 점에도 벌써 안개의 위계를 깨달아야 할 틈서리가 있지 않았던가.

'그렇다면 이 검은 나비의 부채는 기왕에 그 안개와 지금 내 가슴속에 서려 있는 안개를 깨뜨려 없애라는 운명의 계시일지도 모른다.'

그러나 이건 너무나도 터무니없는 생각의 비약일 뿐이다. 동식은 다시 한 번 부채를 접었다가 폈다가 하면서 성녀와의 일을 생각했다.

성녀는 까다로운 애인이었다.

30

"호텔에 갈까?"

"노오."

"여관에라도 갈까?"

"노오."

"다방엘 갈까?"

"노오."

"중국집에 가서 뭣을 먹을까?"

"노오."

"레스토랑에 가서 양식을?"

"노오."

이러한 '노오'가 백 번쯤 계속된 다음 겨우 한 번의 '예스'를 얻었다는 것이 한강변 버드나무 밑에 같이 앉는 일이고, 도봉산 개울에 같이 발을 담가 보는 일이고, 덕수궁 돌담을 돌아보는 일이었다. 어쩌다 영화관엘 같이 가 보면 뉴스가 비위에 맞지 않는다고 나와 버리고 음악이 마음에 들지 않는다고 나와 버리기가 일쑤고, 중국 음식은 불결해서 못 먹고, 냉면은 매워서 못 먹고, 불고깃집엔 사람이 득실거려 못 가고, 비프스테이크는 덜 구웠다고, 또는 지나치게 구웠다고 먹지 않는다.

"'노오'로써만 만들어진 육체, 일체에 '노오'로써만 응하기 위해 기능하는 신경, 그래도 목도 팔도 다리도 허리도 가늘고 얼굴은 언제나 파리했는데……'

젖가슴과 궁둥이와 허벅다리에만은 약간의 볼륨이 있었다. 그래 동식은,

"당신은 최대한의 노오와 최소한의 예스로써 된 여자."

라고 빈정대기도 했었다. 그러면 성녀는,

"앞으로 당신은 이 최대한의 노오를 어떻게 처리할 셈이지?"

하고 웃었다. 그런데 그 웃음이 좋았다. '노오'의 연속에 지친 동식의 신경은 그 일순의 웃음으로써 구원을 받았다. 새하얀 이빨이 엷은 입술 사이로 살짝 드러나면서 왼쪽 눈이 치째이듯 가늘어지는 그 웃음! 아마 지금 그 웃음이 눈앞에 있으면 검은 나비가 수놓인 쥘부채로써 성녀의 이마빼기를 살짝 때려 주기도 했을 것이다. 동식은 그 부채를 들려서 알맞을 성녀의 체구를 상상해 봤다. 성녀의 얼굴과 몸집 그대로를 3분의 1쯤으로 줄이면 될 것이었다.

'요정이다.'

하마터면 그 요정이란 말이 입 밖으로 튀어나올 뻔했다.

'그렇다. 요정이다. 이건 분명 요정의 소유물이다.'

하면서 보고 있는데 그때까진 보이지 않았던 것이 눈에 뜨였다.

나비의 두부가 향한 바로 그 밑에 노랑 반점 같은 것이 있었다. 자세히 보니 그것은 한 떨기의 꽃이었다. 너무 작아서 눈에 뜨이지 않았던 것인데 분명 꽃이었다. 나비의 머리끝을 반쯤 묻고 있는 나리꽃 비슷한 모양의 꽃이었다. 사랑을 비는 마음이 간절한 의미로서 담겨진 물건임이 틀림없었다. 동식은 숨을 몰아쉬고 그 부채를 소중히 접어 포켓에 넣고 뜰을 걸어 덕수궁 정문으로 해서 밖으로 나왔다. 잠자코 있을 수 없는 충동 같은 것이 솟구쳤다.

덕수궁에서 나와 서소문 근처 어떤 중국 음식점에 들었다. 성녀 같으면 질색을 할 곳이다. 담뱃불로 지져 온통 곰보투성이가 된 탁자에서 허기진 식탐으로 자장면 한 그릇을 먹었다.

서소문 육교 밑에서 서대문 쪽으로 꼬부라지는 바로 그곳에 쓰러질 듯이 서 있는 나지막한 기와집이 있다. 그곳을 지날 때마다 아직 거기에 있구나 하는 심정으로 보아 오던 집이다. 이조 말엽을 훨씬 거슬러 올라간 때부터 있었던 집일 것이다. 흙

담은 무너질 듯 위태롭고 지붕의 기와 사이엔 마른풀이 엉성했다. 그 집의 삐걱거리는 대문을 열고 붉은 스카프로 머리를 싸맨 상냥한 얼굴의 소녀가 나오는 것을 보고 짐짓 놀란 적이 있었다. 그 쓰러질 듯한 고옥과 신선한 소녀와는 아무래도 어울리지 않았다. 현대식 고층 빌딩의 복도에서 삼베 치마저고리의 노파를 보는 위화감과 맞먹는 그런 기분이었던 것이다.

유심히 그 대문에 시선을 쏟으며 앞을 지났으나 비스듬히 틈서리를 보인 채 대문은 조용히 닫혀져만 있었다. 소녀의 얼굴의 구체적인 윤곽은 기억에서 사라졌지만 그 얼굴이 풍긴 신선함은 아까 일처럼 뚜렷했다. 동식은 이런 생각 저런 생각을 하면서 걷다가 보니 독립문 근처에 와 있었다. 범인은 반드시 범행 현장에 한번 와 본다는 이야기가 기억 속에 떠올랐다.

아침의 그 신선한 눈은 간 곳이 없고 부채가 떨어져 있었다고 생각되는 곳은 뻘물투성이가 되어 있었다. 동식은 아침의 정경을 되도록 정확하게 상기해 보려고 애썼다.

인도와 차도와의 접경, 차도 편으로 부채는 떨어져 있었다. 그런데 그 언저리의 눈엔 수레바퀴가 지난 흔적도, 사람의 발자국도 없었다. 줄잡아 1미터쯤 상거가 있는 곳으로 차도 지났고 사람의 발걸음도 지났다. 그러고 보니 그 쥘부채는 차에서 떨어진 것도 아니고 걸어가는 사람이 떨어뜨린 것도 아님이 분명하다. 영천 고개에서 온 인도人道가 독립문 바로 가까이에 이르러 곡선을 그리기 시작한 그 지점에 2미터 사방으로 처녀설處女雪을 남겼는데 그 처녀설 가운데쯤 쥘부채가 반쯤 펼쳐진 채 있었던 것이다.

그러나 그 정경을 아무리 선명하게 뇌리에 재현하고 확인해 봐도 답안은 나오지 않았다. 되레 불가사의하다는 관념이 섞이기 시작하니 생각은 오리무중을 헤매는 거나 같았다. 탐정이나 수사가 스릴러 소설을 읽는 것처럼 쉬운 것이 결코 아니라는 엉뚱한 생각마저 섞였다. 동식은 그 근처를 왔다 갔다 하며 서성거렸다. 그 자리에 있어 보았댔자 신통한 수가 터질 리가 없으리란 짐작도 들었지만 그렇다고 해서 훌훌 떠나 버리기엔 뭔지 아쉬움이 남았다.

동식은 그곳에서 서성거리고 있다가 문득 교도 작품 직매소란 간판을 봤다. 교도 작품이란 뭘까 하고 생각했다. 교도 작품이란 학생들의 작품이란 말인가. 그런데 그것이 하필이면 그곳에 있을 리가, 하고 생각하다가, 형무소를 교도소라고 하더라는 지식이 떠올랐다. 동식은 그 직매소엘 들어가 보았다. 옷장 · 이불장 · 찬장 · 탁자 같은 큰 가구를 비롯해서 쟁반 · 목기 같은 것이 꽉 차게 진열되어 있었다. 아니나 다를까, 형무관인 듯싶은 사람들이 가게를 지키고 있었다.

동식은 얕은 견식의 탓인지는 모르나 그의 눈엔 그곳에 진열된 물건들은 어떤 일류의 가구점에 갖다 놓아도 전연 손색이 없을 것 같았다. 너무도 열심히 들여다보고 있었던 탓인지 젊은 형무관 한 사람이 동식의 곁에 와서 말을 걸었다.

"뭣을 사시겠습니까?"

"아뇨, 구경을 할까 하구요."

"실컷 구경하십시오. 시중의 물건에 비해 손색도 없으려니와 가격도 싸니까요."

하고 형무관은 친절하게 말했다.

"이것 모두가 형무소 죄인들이 만든 겁니까?"

"그렇죠. 그러나 요즘은 죄인이란 말은 쓰지 않습니다. 재소자라고 하지요."

"재소자?"

"교도소에 수감되어 있는 사람이란 뜻으로서 재소자라고 합니다."

죄인과 재소자라는 명칭의 차이가 수감되어 있는 사람들의 위치에 어느 정도의 영향을 미칠까 하고 생각하다가 동식은 복받쳐 오르는 일종의 감회를 어떻게 할 수가 없었다.

'이런 훌륭한 물건을 만들 수 있는 사람들이 무슨 죄를 짓고 형무소 생활을 하는 걸까.'

하는 의심과,

'형무소에서 배운 기술로써 이런 훌륭한 물건들을 만들었다면 얼마나 긴 동안 형무소 생활을 했을 것인가.'

하는 의심이 겹쳤다. 그래 물어보고 싶은 마음이 목구멍까지 치밀어 올랐으나 입 밖에 낼 수는 없어 겨우 이렇게 말해 보았다.

"참으로 훌륭한 기술인데요, 그런 훌륭한 기술자들이 형무소 안에 지금도 많이 있습니까?"

"있구 말구요."

하고 그 형무관은 요즘은 형무소라고 하지 않고 교도소라고 한다고 덧붙였다.

동식은 조그마한 쟁반 위에 파인 조각을 눈여겨봤다. 난蘭을 방불케 하는 풀과 그 풀 위로 날고 있는 나비의 형상에 우선 마음이 끌렸고 그 조각의 솜씨에 감동했다.

"이건 진짜 예술인데요."

하며 동식이 감탄하자 그 젊은 형무관은 자기가 직접 칭찬을 받는 것처럼 희색을 만면에 띠며 말했다.

"재소자 중에는 그야말로 굉장한 예술가가 있습니다."

하곤 주머니를 만지작거리더니 주위를 얼른 살펴보곤 가느다랗고 조그마한 물건을 동식의 손에 잡혀 주었다.

　그것은 5센티미터 길이도 못 되는 여자의 나상이었다. 폭은 성냥개비를 두 개 겹친 것쯤이나 될까. 그런데 그 조그만 물체에 성숙한 여자의 유방·허리·발톱까지 달린 다리와 발을 섬세하게 조각해 놓곤 그 끝에 귀이개를 마련해 놓은 것이었다. 동식은 숨을 죽였다.

　젊은 형무관은 얼른 그 물건을 동식에게서 도로 받아선 자기의 포켓에 집어넣어 버렸다. 찰나의 사건이었다. 이제 막 만지고 있었던 것이지만 눈앞에서 사라지고 나니 꿈속에서 본 것이 아닌가 하는 착각조차 일었다.

"그것도 형무소, 아니 교도소에서 만드는 것입니까?"

"그런 걸 만드는 걸 범칙이라고 하지요. 들키면 야단을 먹지요. 물론 몰수당하고…… 그러나 아무리 금해도 그런 정도의 범칙은 그치질 않습니다."

"재료를 어떻게 구하나요? 아까 그걸 보니 상아나 인조 상아 같은 거던데."

"상아가 다 뭐요. 칫솔대 있잖아요? 칫솔대를 깎아 그렇게 만들어요."

동식의 눈은 번쩍 뜨였다. 쥘부채가 불현듯 눈앞으로 스쳤다. 그 피죽이나 대오리를 상아 아니면 인조 상아로만 생각하고 있었던 것인데 그것이 바로 칫솔대라는 것을 안 것이다. 그렇다면 그 쥘부채는 형무소에서 나온 물건이다. 수인의 손으로 만들어진 물건이다. 그런데 그 수인은 여자다. 동식은 아무렇지도 않은 것처럼, 마음의 흥분을 가라앉히며 물었다.

"그런 물건을 만드는 사람은 대강 어떤 사람들이죠?"

"대부분이 장기수들입니다."

"서대문 형무소, 아니 교도소에는 여자 수인, 아니 여자 재소자도 있습니까?"

"있습니다."

"여자 장기수도 있습니까?"

"그야 있지요. 무기도 있고 20년, 15년, 10년짜리도 있고……."

동식은 주저한 끝에,

"아까 그 물건을 제게 팔 수는 없습니까?"

하고 물었다.

젊은 형무관은,

"그건 팔 물건이 아닙니다."

하며 야릇한 웃음을 띠었다. 동식은 얼굴이 붉어지는 것 같은 수치를 느꼈다. 그것을 팔아 달라는 동식의 속셈이 여자의 나상이란 점에 있지 않았나 하고 형무관이 생각했을 것 같아서였다.

거기서 나와 동식은 다시 부채가 떨어져 있던 자리로 돌아왔다. 그 쥘부채가 형무소에서 만들어진 것이라고 단정할 수 있는 단서를 잡은 것만 해도 대단한 일이었다. 쓰다가 버릴 수밖에 달리 용도가 있을 것 같지도 않은 칫솔의 대로써 쥘부채를 만들고 여자의 정교한 나상을 만들 수 있다는 사실을 안 것도 커다란 수확이 아닐 수 없었다.

그러고 보면 우리들의 생활의 주변엔 신비의 가능이 충만해 있다는 얘기가 아닌가. 충만한 신비의 가능을 외면하고 매일매일을 평범한 회색으로 도말하고 있는 생활이란 불행하지 않은

가. 불행은 어디서 덮쳐 오는 것도 아니고, 주어지는 것도 아니고 스스로가 준비하는 것이며 스스로가 만들어 내는 것이다.

동식은 생각했다.

'나는 설악에도 갈 수가 있었다. 미지의 가능을 발굴할 수도 있었다. 성녀의 결혼식장에 뛰어들 수도 있었다. 그러나 아무것도 하지 않았다……'

동식은 또한 쥘부채를 만지작거리며 아까 본 여인의 나상을 생각했다. 요정의 이미지는 그 조그만 나상으로 인해서 보다 선명해졌다. 그 나상은 섹스에 기갈이 난 죄수가 벌을 무릅쓰고 감방 안에서 스스로의 섹스를 승화시킨 집념의 화신이었다. 악취를 풍기는 사타구니 속의 발기를 만지던 불결한 손끝에서 영롱한 옥과 같은 요정이 탄생했다. 동식은 그런 정황을 상상하면서도 아까의 그 나상에 순화된 에로티시즘을 느꼈다. 에로티시즘이 예술이 되자면 고난과 시련의 용광로를 통해 극대화의 방향으로든, 극소화의 방향으로든, 아무튼 정신의 빛깔이 스며든 변형이 있어야 하는 것 같다.

동식은 또한 아까의 그 나상의 작자와 에로스의 만화경萬華鏡을 꾸며 보인 '예프다 나이만'과의 정신적 거리가 얼마나 될까 하고 생각해 봤다. '예프다 나이만'은 방대한 패널을 만들 작정으로 알루미늄의 유방, 알루미늄의 궁둥이를 통해 아름다운 형들을 구축했다. 서대문 형무소의 예술가는 예프다와 같은 자각은 없이, 버려진 칫솔대의 그 비좁은 세계 속에서 요정을 방불케 하는 여자의 아름다운 유방·허리·궁둥이·허벅다리를 발굴해 냈다.

그러고 보니 쥘부채도 음습한 요기와 같은 에로티시즘을 지니고 있었다. 손바닥 크기만 한 검은 나비와 작은 나리꽃의 교환交歡이란 이미지가 평범한 관념으로써 이루어질 리가 없다. 거기엔 어떤 집념이 개재하고 작용하고 있을 것이었다.

검은 나비의 이미지와 아까 본 나상이 겹쳐지자 동식의 마음 속에도 어떤 집념의 원형질 같은 것이 괴기 시작했다. 새침한 옆얼굴로 성녀의 모습이 떠올랐다. 성녀가 미국으로 떠나간 것은 그 여자로선 다행한 일이다. 만일 그들의 신가정이 서울 안에 있었더라면 주먹 크기만 한 돌덩이가 그 신가정의 유리창을 산산이 부숴 놓고 말았을 테니까. 테러리스트는 제정 러시아에만 있는 것이 아니다.

동식의 마음속에 어렴풋이 하나의 계획이 짜여졌다. 그 계획에 따라 동식은 당분간 그 자리를 떠날 수 없었다. 그의 계획이란 그 자리에 서서 사람이 좋아 뵈는 형무관 하나를 만나 수단껏 궁금한 것을 물어본다는 것이었다.

동식은 모자나 차림으로 보아 간부에 속하는 듯한 젊은 형무관이 가까이 오는 것을 봤다. 동식은 그 형무관 가까이에 가서 공손하게 인사를 하고, 긴요하게 물어볼 일이 있으니 잠깐 동안 시간을 빌릴 수가 없겠느냐고 말을 걸었다. 그 형무관은 수상쩍은 표정으로 동식을 바라보더니 그가 학생임을 알자, 짤막한 동안이면 좋다고 하면서 근처의 다방엘 가길 승낙했다.

동식은 되도록이면 속셈을 보이지 않으려고 주의하면서 원거리에서부터 이런 일 저런 일을 묻기 시작했다. 그러나 형무관은 직무에 따른 기밀에 관계된다고 하면서 좀처럼 입을 열지 않았다.

그러고는,

"도대체 어떤 목적으로 그런 것을 알려고 하느냐?"

고 반문했다.

동식은,

"소설을 쓰려고 하는데 기초 재료가 필요해서 물어보는 것입니다."

하고 얼버무렸다.

"소설을 쓰겠다고? 그럼 요약해서 알고 싶은 것만을 말해 보시오."

"우선 어젯밤부터 오늘 아침까지에 석방된 사람의 명단과 그 사람들에 관한 간단한 사실을 알고 싶습니다."

"석방된 사람이라고 해도 미결에서 나간 사람이 있고 기결수도 있고 한데……."

"장기수들만이라도 알았으면 합니다."

"그걸 알아 어떻게 할 셈인데?"

"가장 흥미가 있어 뵈는 사람을 찾아가서 애길 들으려고 그럽니다."

"그런데 하필이면 왜 어젯밤과 오늘 아침에 나간 사람만을 대상으로 삼지?"

"그러지 않으면 너무 범위가 넓어지니까요."

"알겠소. 그럼 학생의 신분증을 내놓으시오. 신분이 확실하고 목적이 그렇다면 협조할 테니까."

동식은 신분증을 내놓았다. 형무관은 수첩을 꺼내 동식의 신

분증에 기재된 사실을 적어 넣곤,

"주소는 여게 쓰여 있는 곳과 다름이 없죠?"

하고 따졌다. 동식은 그렇다고 했다. 형무관은 내일 이맘때 이 다방으로 나오라고 하곤 자리를 떴다.

동식이 집엘 돌아가 보니 최崔로부터 두툼한 편지가 와 있었다. 최는 지리산 밑을 고향으로 하고 있는 동기생이다. 최는 방학 동안 고향에 돌아가 있었다.

최의 편지는 이러했다.

느그 서울 놈들을 깜짝 놀라게 하려고 방학 동안에 소설을 한 편 쓸 작정이었지. 깜찍하고 브릴리언트하고, 깊고, 정서적인 그런 것을 하나 써서 불역佛譯까지 할 참이었는데 슬프도다! 뜻대로 되지 않는구려. 줄거리가 있는 소설은 낯이 간지러워 쓸 수가 없고, 줄거리가 없는 것은 싱거워서 못 쓰겠다. 형식으로 말하면 줄거리가 없기도 하면서 있기도 한 그런 것이라야 하고, 내용으로 말하면 우리의 생生의 실상에 파고드는 그런 것이라야 할 테데 역부족이 아니라 환경의 탓으로 어쩔 수가 없다. 난 파리엘 가야만 소설을 쓸 것 같다. 평균 1.5마리의 기생충을 기르고 있는 누리티티한 백성들의 얼굴이 눈앞에 보이지 않아야만 세계의 수준으로 소설을 쓸 수 있을 것 같다. 막대기를 헤아리고, 막걸리를 마셔야만 선거할 줄 아는 우리 동포와 어느 정도의 거리를 두어야만 문학다운 소설이 나올 것만 같다. '더블린' 사람들만을 예상하고 조이스가 《율리시스》를 쓸 수 있었겠느냐. 스릴러 소설이나 읽고 서부 소설이나 읽는 미국 독자만을 예상하고 헨리 밀러가 《넥서스》를 썼겠느냐? 더블린을 떠나서, 미국을 떠나서 제임스 조이스와 헨리 밀러는 더블린을 빛내고 미국을 빛내는 작품을 비로소 쓸 수 있었던 것이 아니겠느냐.

이와 같은 이유로 해서 소설을 써서 느들 놀라게 할 것은 단념하고 시를 쓰기로 했는데 아아, 여게도 또한 난관이 있도다.

유행가 가사에 아름답고 매끄러운 말은 죄다 뺏겨 버리고 '랭보' 동방에 태어나 그 언어의 연금술을 부리려니까.

예 하나,

형이상학은 까마귀가 물어 가고

형이하학은 개가 물어 가고

쌀은 벌레가 먹어 버리고

느근 서울 골목 중국집에서

가짜 고춧가루를 뿌리고 우동이나

묵나!

예 둘,

도지사는 군수에게 시키고

군수는 면장에게 시키고

면장은 이장에게 시키고

이장은 반장에게 시키고

반장은 머슴에게 시켰는데

머슴은 시킬 사람이 없으니까

밭에 나가 이랑에다 말똥 같은

똥을 누었다.

이상과 같이 되었는데 내용일랑 보지 말고 형식만을 보아 주
라. 아무리 독창적인 유행가 작사자라두 형이상학이란 말은 빼

어 갈 수 없겠지. '도지사님 날 사랑해 주오.'란 가사는 만들지 못하겠지. '그리운 머슴이여 말똥 같은 똥 누지 마라.'는 가사에 곡을 붙이지는 않겠지. 유행가의 촉수를 피해 시를 만들자면 이렇게 고귀한 어휘만을 가려야 한다네. 한국에서 시를 살리자면 시 이전에서 요령껏 하든지 아예 시를 넘어서 버리든지 해야 할 것이 아닌가. 자네의 의견을 준비해 두게. 시를 쓰려는 동기는 느그를 놀라게 할 목적도 있었지만 우리 고향 국민학교 여선생이 문학소녀인지라, 대학 하고도 불란서 문학과에 다닌다면서 그 흔한 시 한 수 짓지 못하느냐는 핀잔 어린 눈초리가 무서워서였는데 이와 같은 시인 파산선고를 자초하고 말았다.

PS―1

헌데 나는 요즘 《티보의 가족들》 중의 〈회색의 노트〉를 읽었다. 그 가운데 열 몇 살밖에 안 되는 자크와 다니엘의 왕복 편지가 있다. 작품의 평가는 고사하고 그 왕복 편지가 너무나 엄청나게 훌륭한 데 놀랐다. 그 편지를 읽고 지금 내가 써 놓은 것을 읽어 보니 기가 탁 막히는구면. 에르네스트 디무네 선생이 미국 대학생의 지적 수준은 불란서 고등학생의 지식 수준과 비슷하다고 했는데 만일 나를 표준으로 한다면 한국 대학생의 지적 수준은 불란서 중학생의 지적 수준에도 미달이 아닌가 생각이 된다, 이 말씀이다. 그래 이 편지도 부치지 않으려고 생각했네만 내 실력 자네가 잘 아는 터이라 그냥 보내기로 했다.

PS—2

소생의 건강에 대해선 걱정 말아라. 두뇌의 발달은 정지한 지 오래인데 위장의 발달은 일익증대하여 무예대식無藝大食의 표본이 될까 하노라. 속도 모르는 부모는 잘 먹고 잘 자니 그저 좋단다. 돼지나 되었더라면 그 기술로 효도할 방법도 있으련만. 불쌍한저, 부모님이 아닌가배.

PS—3

자네의 상처를 건드릴까 봐 심히 우려하는 바이나, 성녀와의 일 깨끗이 잊도록 하게. 우찌 아는가 싶어 놀랬재. 난 다 안다. 눈치를 보고도 알고, 거동을 보고도 알고, 앉아 천 리 보고 서서 만 리는 못 볼망정 친구에게 일어난 대사건을 내가 어찌 모르겠는가. 그러나 안심하게, 우리 반 친구로선 나밖에 모를 테니까. 대장부 생을 받아, 일개 아녀자 때문에 심금을 어지럽게 한다면 하위지군자호何謂之君子乎아. 우리 몇 해 뒤에 파리로 가서 프랑수아 사강 같은 여자나 낚자. 그래서 문자 그대로 실질적인 동서 교류를 하는 거다. 그때를 위해서 모든 것을 참고 견디어 내자. 자칭 천재는 3월 중순께나 상경한다.

　동식은 이 편지를 읽고 쓴웃음을 지었다. 최가 어떻게 해서 자기와 성녀와의 사이를 알아차렸을까 하는 의혹도 생겼다. A도 대강의 짐작은 하고 있는 모양이었지만 최처럼 당돌하게 밟고 들어서지는 않았다. 도회의 청년과 시골 청년의 기질의 차이에서 오는 것일까. 대체로 서울의 친구들은 이편에서 의논을 하지 않는 한 사적인 고민이나 가정적인 일에 간섭하려 들지 않는다. 이와는 반대로 시골의 친구, 특히 경상도 친구는 이편에 무슨 고민이 있다고 짐작만 하면 묻지도 원하지도 않는데 의논 상대를 자처하고 일익의 힘이 되어 주려고 애쓴다.

　때론 이런 것이 불쾌하게 느껴지는 경우도 있지만, 최의 경우엔 어쩐지 그렇지가 않았다. 최의 특이한 성격을 이해하고 있는 탓인지도 몰랐다.

최가 그 특이한 성격을 드러낸 것은 1학년 때부터였다. 대학에 들어온 지 얼마 안 되고 아직 급우들의 낯을 익힐 시간의 여유도 없었을 무렵 대학가는 데모 선풍에 휘몰렸다. 학생회의 간부가 동식의 교실에까지 데모에 참가할 것을 권유하러 왔다.

학생회 간부는 다음과 같은 요지의 말을 했다.

"학생은 공부하기 위한 선발된 신분이며 동시에 선발된 양심이다. 더욱이 우리 대학은 전국 학생의 선봉에 서야 할 자각적 위치에 있다. 국가, 또는 민족의 중대사에 이 선발된 양심이 결집해서 위력을 발휘하지 못하면 국가와 민족의 장래는 경색되고 만다. 그러나 일단 유사시엔 우리 학생도 총을 잡고 전선에 나가야 하듯이 지금 저질러지려고 하는 부정과 불의에 단호히 항거해야 한다. 우리의 항거 수단은 지금 단계에 있어선 데모 행동이다. 자 여러분 데모에 나서자!"

그때,

"그 의견은 존경합니다. 그러나 나는 따를 수가 없습니다."
하고 일어선 것이 최였다. 학생들의 시선이 일제히 최에게 쏠렸다. 뜻하지 않은 반격에 흥분한 학생회의 간부가 데모를 할 수 없다는 그 이유를 따지고 들었다.

최는 침착하게 답변했다.

"데모를 하려면 죽을 각오를 하고 해야겠습니다. 그런데 내겐 그런 각오가 서 있지 않습니다. 데모를 하려면 그 목적이 관철될 때까지 철저하게 해야겠습니다. 그런데 내겐 그런 각오가 서 있지 않습니다. 데모를 하는 것과 나의 이익이 80퍼센트까지라도 일치해 있으면 그런 각오를 해 보기로 결심이라도 하겠습니다. 그런데 80퍼센트는커녕 50퍼센트의 일치도 있을까 말까 하니 각오조차 할 필요가 없다고 생각합니다."

데모를 하는 것과 민족의 이익과는 100퍼센트 일치되어 있는데 어째서 50퍼센트도 일치되어 있지 않다고 하느냐. 그것은 민족으로서의 자각과 학생으로서의 순수성이 결여되어 있는 탓이 아닌가 하고 학생회의 간부는 탁자를 두드리며 울부짖었다.

이에 대해 최는 이렇게 말했다.

"데모의 목적이 명백하다고는 하나 추상적이고 그 결과는 애매한데, 데모를 하다가 잃을지 모르는 우리의 생명은 구체적이고 그 결과는 명백하니까, 50퍼센트의 일치도 없다는 것입니다."

그렇다면 결국 비겁하다는 얘기가 아닌가 하고 학생회의 간부는 호통을 쳤다.

"자기 소신대로 행동하려는 것이 비겁한지, 자기의 소신을 굽히고까지 부화뇌동하는 것이 비겁한지는 각자의 주관에 따라 다르겠지요. 나는 지리산 밑에서 자랐습니다. 수많은 사람들이 지리산에서 죽었습니다. 옳건 그르건 소신대로 죽은 사람도 있을 것입니다. 그런데 그 가운덴 본의 아니게 뇌동하다가 죽은 자도 많을 것입니다. 본의 아니게 뇌동하다가 죽는 것처럼 비참한 일은 없다고 생각하며 나는 자랐습니다. 나는 뇌동하는 행동은 결코 하지 않겠다고 다짐하며 자랐습니다."

아직 지각이 모자라는 대중이나 학생이 선견지명이 있는 지도자나 선배의 지도에 따른 것이 어찌 뇌동이 된단 말인가고, 학생회의 간부는 더욱 소리를 높였다.

"지각 없는 대중과 학생은 지도자의 지시에 따라야 하지요. 그러나 뇌동이 되지 않으려면 그 지시를 자기 나름으론 납득하고 따라야 할 줄 압니다."

미리 납득하길 거부하고 있는 우매하고 완고하고 비겁한 의식 형태도 있다면서 학생회의 간부는 4·19의 정신을 이해하고 그 전통을 이어받을 생각은 없느냐고 힐난했다.

"4·19의 정신을 이해하는 것과 이번의 데모에 참가하는 것과는 별도의 문제라고 생각합니다. 4·19의 정신을 이해하는 동시에 4·19가 그 뒤 어떠한 상황을 만들어 내었는가 하는 데 대해서도 이해와 연구가 있어야 할 줄 압니다."

그럼 '너는' 하고 낮은 인칭으로 학생회의 간부는 4·19의 역사적 의무를 무시할 것이냐고 흥분했다.

"4·19가 찬란한 민족사의 한 페이지로서 남을 것은 의심하지 않습니다. 그러나 민족사의 한 페이지를 찬란하게 하기 위해 나를 희생하는 영웅이 되길 나는 원하지 않습니다. 나는 천재가 되길 원합니다. 영웅이 될 포부가 있었으면 사관학교를 갔든지 대학이라도 정치과를 택했을 것입니다."

천재라는 단어가 튀어나오자 학생회의 간부는 어이가 없다는 듯 최를 쏘아보고만 있었다. 긴장한 교실의 공기가 유머러스하게 누그러졌다.

학생회의 간부는,

"현명하고 순수한 민족적 양심을 가진 여러분은 비겁한 사나이의 궤변에 속지 않고 구국의 대열에 참여할 줄 믿습니다." 하는 말을 남겨 놓고 총총히 교실에서 사라져 버렸다. 학생회의 간부가 나가자 누군가가 소리쳤다.

"나는 영웅이 되길 원하지 않고 천재가 되길 원한다, 좋은데……."

당시 불문과 1학년이 학년 단위로 데모에 참가하지 않은 것은 최의 영향이 큰 작용을 한 때문이었다. 그날부터 최에게 '앙팡 테리블(무서운 아이)'이라는 별명이 붙게 되었다.

그 후 최는 학생회의 사문査問을 누차 받은 모양이지만 조금도 기세를 꺾이는 것 같지 않았다. 이러한 최의 기왕을 돌이켜보며 동식은 최에게서 온 편지를 다시 한 번 읽었다.

아직 완전히 잠을 깨지 않은 동식의 의식 속에 쥘부채의 수수께끼를 푸는 단서, 아니면 그 단서의 힌트가 그 쥘부채에 있을 것이란 생각이 돋아났다. 동식은 이 생각과 더불어 자리에서 일어나 세수를 하곤 아침 밥상을 물리기가 바쁘게 자기 방의 문을 잠그고 고등학교 때에 사용한 확대경으로 쥘부채의 세부를 관찰하기 시작했다.

피죽·대오리·바탕·축, 이런 순서로 자세히 관찰해 가는데, 있는 그대로가 확대되어 나타날 뿐 신발견은 없었다. 다만 축에 청실 홍실 검은 실로 어우른 술이 달려 있는데, 청실과 홍실은 보통의 실이었고 검은 실만은 실이 아니라 머리칼이었다.

음부의 치모恥毛가 아닐까 하는 엉뚱한 생각도 섞였지만 그런 생각을 묵살하고라도 머리칼을 섞었다는 사실에 은밀한 의미가 함축되었다고 볼 수가 있었다.

다음에 동식은 나비의 머리를 반쯤 묻고 있는 나리꽃에다 확대경을 들이댔다. 술을 표현한 듯한 형상의 것이 세 줄기 나비의 두부를 에워싸고 있는 것 같았다. 그 첨단에 육안으로 볼 때 깨알 같은 반점이 있었는데 그 반점을 세밀하게 확대해 보니 뚜렷한 형태가 솟아나왔다. 반점의 하나는 'ㅅ', 또 하나는 'ㅁ', 다른 하나는 'ㅅ'이었다. 보면 볼수록 어떤 의미를 가지고 ㅅ, ㅁ, ㅅ을 새긴 것이 분명했다. 그는 수첩에다 ㅅ, ㅁ, ㅅ이라고 기입했다.

반점에 의미가 있는 것을 깨달은 동식은 이번엔 나비의 날개를 살폈다. 그다지 힘들지 않게 왼편에서 오른쪽으로 차례차례 다음과 같은 부호가 나타났다.

ㄱ, ㄷ, ㄱ

이것은 ㅅ, ㅁ, ㅅ에 대응하는 부호임이 분명했다. 그러고는 아무리 살펴보아도 뜻이 있어 뵈는 단서, 또는 힌트 같은 것은 더 이상 나타나지 않았다.

동식은 부채와 확대경을 책상 서랍에 넣어 버리고 벌렁 드러누워 ㅅ, ㅁ, ㅅ과 ㄱ, ㄷ, ㄱ의 의미를 모색하기로 했다. 모색한다느니보다 추리를 한다는 것이고 추리를 한다느니보다 그럴싸한 이야기를 꾸며 보는 수밖에 없었다.

남자를 상징하는 나비를 크게 비긴 것을 보면 부채를 만든 사람은 틀림없이 여자다. 그리고 나비의 날개에 남겨진 ㄱ, ㄷ, ㄱ은 남자의 이름일 게고 나리꽃의 술에 달린 ㅅ, ㅁ, ㅅ은 여자의 이름이다.

나비와 꽃. 이것을 해명하긴 어렵지 않다. '당신은 죽어서 나비가 되고, 나는 죽어서 꽃이 되리다.'고 이 나라에 전해 내려온 상문상사相聞相思의 노래에 불행한 애인이 불행한 애인에게 대한 애절한 사랑을 담아 본 것일 게다. 쥘부채는 그러니까 상사의 부채다.

'그러나 ㄱ, ㄷ, ㄱ은 어떻게 읽으며 ㅅ, ㅁ, ㅅ은 어떻게 읽을까. 어떤 사람들이었을까.'

동식은 초조하게 어제의 형무관과 만날 시간을 기다렸다. 기다리다 못해 약속한 시간을 한 시간이나 앞두고 그 다방엘 나갔다.

신문으로 보는 실악산의 싱황은 오늘도 비관적이었다. 우선 구조대가 현장에 도착하질 못한다니 딱한 일이다. 그러나 비정한 신문 기사를 통해서도 한 가닥의 기적을 비는 마음이 안타깝게 나타나 있다는 사실만이 위안이라고 할 수 있었다. 기적이 있을 수 있다면 얼마나 신나는 일일까. 파헤친 눈 속에서 눈을 말똥말똥 뜨고 조난자들이 무사히 기어 나올 수 있다면 얼마나 반가운 일일까. 얼어붙은 육체에 서서히 온기가 돌고 다시 숨을 쉬게 되는 기적이 나타날 수 있다면 얼마나 기쁜 일일까. 기적이 있기에 비는 마음이 있는 것이 아닌가. 기적이 없다면 기도하는 마음처럼 허무한 건 없다.

동식은 이제라도 저 다방의 문을 통해 성녀의 파리한 얼굴이 나타날 수 있는 기적을 순간 꿈꾸어 봤다.

뉴스가 마음에 들지 않는다고 표까지 사 가지고 들어간 영화관에서 예사로 나와 버리는 성녀가 아니었던가.

'그 녀석하고 살아 보니 시시해서 견딜 수가 없더라.'
하며 백을 팽개치듯 탁자 위에 던져 버리고 살짝 동식의 옆자리에 앉는다고 해도 성녀로선 조금도 어색하지 않을 행동일 것이었다. 그렇게만 되면 동식은 아무 말 없이 상냥한 미소를 띠고 성녀의 팔목을 잡아 언제나 하듯이 가볍게 흔들어 볼 것이었다.

그러나 그런 기적이 나타날 리가 없었다. 동식은 그저 음산한 눈을 뜨고 지난날을 되새겨 보았다.

모든 행동이 얌체 가시내와 선머슴을 섞은 것 같은데 성녀의 키스만은 정성스러웠다. 속눈썹이 길게 뻗은 눈을 다소곳이 감고 얼굴의 각도를 어떻게 하든지 이편에 맡기곤 그 가냘픈 팔의 한쪽으로 동식의 목을 안고 한쪽으론 허리를 감아 정염이 완전히 가시도록 키스의 동작을 되풀이하는 것이다. 시간을 잊게 하고, '예스'와 '노오'를 조작하는 의식의 피안彼岸에다 황홀한 엑스터시를 만들어 내는 명수라고 할 수 있었다.

이렇게 황홀한 키스가 끝난 어떤 때 성녀는,

"너보다 내가 세 살이나 위인데."

하면서 한숨을 섞었다.

동식은 무슨 잠꼬대를 하느냐고 투덜댔다.

"디즈레일리의 부인은 디즈레일리보다 몇 살 위였지? 셰익스피어의 부인은 셰익스피어보다 몇 살 위였지?"

그러니 나이가 많고 적고가 성녀로 하여금 배신케 하는 이유와 동기는 되지 못하는 것이 아닌가.

　형무관은 약속한 정시에 다방엘 나와 동식 앞에 앉았다. 동식은 반갑게 인사를 드렸다.

　형무관은 종이쪽지를 꺼내, 탁자 위에 놓으면서 동식이 알아달라고 한 명단이라고 했다. 전부 합쳐 일곱 명의 이름이 쓰여 있고 이름 밑엔 연령·재감 연수·죄명·석방된 후의 주소가 쓰여 있었다. 동식이 실망한 것은 모두가 남자라는 점이었다. 그러나 동식은 실망의 빛을 나타낼 수가 없어 그 명단을 주의 깊게 보는 척했다. 강도·살인 미수·방화·절도가 둘, 보안법 위반이 한 사람 끼어 있었다. 재감 연수는 8년이 최고, 3년이 최하였다.

　"흥미의 대상이 될 것 같은 사람이 있소?"

　형무관이 담배에 불을 붙여 물면서 물었다.

　"글쎄요."

하고 동식이 망설이자 형무관은 또 하나의 쪽지를 끄집어내며,

　"여사女舍에다 물었더니 석방된 여수女囚는 없고 어제 새벽 병사한 시체가 하나 가족에게 인도되었다고 하던데 이건 그 죽

은 여수의 이름이오."

하곤 그 쪽지도 탁자 위에 놓았다.

동식은 시선이 와락 그 쪽지 위로 쏠렸다. 그 쪽지 위의 기록은 다음과 같았다.

신명숙申明淑 39세, 형기 20년, 재감 17년 병사, 시체 인수자 양수연(병사자의 이모부), 주소 서울특별시 M동 산 13번지.

동식은 그 쪽지를 읽고 넋을 잃었다. 너무나 놀라운 재료가 나타난 바람에 감상을 간추릴 여유가 없었다.

"비상조치법 위반으로 무기형을 받은 여자인데 민주당 정권 당시 20년으로 감형되었다오. 17년 살았으니 앞으로 3년만 더 살면 나갈 수 있었을 텐데, 죄인이긴 해도 불쌍한 마음이 듭니다. 어때 학생, 그것 소설감이 되지 않겠소?"

이러는 형무관의 말에,

"되구 말구요."

하고 엉겁결에 대답은 했으나 가슴의 동요가 심해서 소설이고 뭐고 염두에 없었다. 그래 간신히 물었다.

"17년을 살았으니 1950년에 수감된 게구먼요."

"그렇지. 그러니까 나이는 스물두 살 때지."

"아직도 이런 재소자가 많이 있습니까?"

"아직도 많지. 전국적으로 말하면 상당한 숫자가 될 거야."

"사면이나 감형 같은 것이 있다고 하던데요."

"국가보안법 위반, 반공법 위반, 아까 말한 비상조치법 위반 같은 죄인에겐 사면이나 감형은 없지. 민주당 정권 때 꼭 한 번 있었을 뿐야."

"그건 왜……."

"바로 그들은 국가의 적, 민족의 적이 아냐? 우리나라의 형편 으로선 아직 그런 분자들에게 관대할 수 있는 여유가 없잖아?"

물어보고 싶은 일들이 많은 것 같았으나 요령 있는 질문의 형식이 되지 않아 동식은 덤덤히 앉아 있었다. 형무관은 그럼 가 봐야겠다면서 자리에서 섰다. 동식은 어디 같이 가서 식사 라도 하자고 그를 만류했으나 곧 교도소로 돌아가야 한다면 서 동식의 제안을 거절했다.

"지금 또 근무하러 가십니까?"

"우린 24시간 근무요. 형무관 10년 하면 징역 5년을 치르는 격이란 말은 옛말이고 지금은 8년 징역을 치르는 셈이란 말요."

"수고가 많겠습니다."

"뭘, 직업이니까."

동식은 고맙다는 말을 몇 번이나 되풀이하면서 형무관을 다방 입구에까지 전송하곤 다시 자리로 돌아와 앉았다.

'신명숙, 형기 20년, 재감 17년, 출감 3년을 앞두고 병사. 스물두 살의 처녀로서 수감되어 서른아홉에 시체가 되어 나오다. 소설? 어림도 없는 이야기다.'

깊은 피로가 엄습하는 것 같았다. 동식은 눈을 감았다. 성녀의 모습이 나타났다가 꺼졌다. 친구의 얼굴도 떠올랐다가 꺼졌다. 설악의 조난 사고도 심상 위로 스쳤다.

"내가 살아온 세상! 이건 장난이 아닌가!"

그 길로 돌아와 동식은 열을 내고 자리에 누웠다. 으스스 오한이 스미는 몸을 이불 속에 도사리고 누웠으면서도 생각을 멈출 순 없었다.

ㅅ, ㅁ, ㅅ이 신명숙 자신을 뜻하는 부호일 것이란 추측이 신념처럼 굳어만 갔다.

'그렇다고 치고 그 쥘부채는 왜 거기에 떨어져 있었을까?'

열띤 머리를 굴려 드디어 동식은 하나의 이야기를 꾸몄다.

'그날의 새벽, 한 대의 리어카가 형무소 문간에 가 닿았다. 이 윽고 철문 곁에 있는 통용문이 열렸다. 거기서 조잡하게 만든 관과 유품을 싼 보따리가 나왔다. 먼저 관을 리어카에 싣고 다음에 보따리를 실었다. 늙은 이모부가 리어카를 끌고, 늙은 이모가 리어카를 밀며 백설이 덮인 길을 더듬어 내려왔다. 리어카의 진동이 심한 까닭으로 보따리의 끈이 풀리기 시작했다. 독립문 그곳에 이르렀을 때, 유류품의 제일 위에 얹어 놓은 그 부채가 소리도 없이 미끄러져 눈 위에 떨어졌다.'

일련의 팬터마임을 보는 것처럼 뇌리에 전개되는 상상의 정경을 보고 있는 동안에 동식은 스스로가 꾸민 이 이야기를 사실인 양 믿고 싶은 심정으로 기울어 들었다.

다음 날 오후, 선생님 집에 수척한 얼굴로 나타난 동식을 보고 유 선생을 비롯해서 모두들 놀랐다.

"너 참으로 실연했니?"

B가 물었다.

"실연을 했으면 했다고 정직하게 말해 봐."

C도 빈정댔다.

대강의 짐작을 하고 있는 것 같은 A가 가만히 있어 주는 것이 동식에겐 고마웠다.

"상심한 베르테르, 꼭 그대로다."

B가 깔깔대며 웃었다.

"몸이 편찮아 보이는 친구를 그렇게 놀리면 쓰나."

유 선생은 이렇게 점잖게 나무래 놓고,

"동식 군, 어디 아픈 것은 아니지?"

하고 근심스럽게 물었다.

"어제 조금 열이 났습니다. 지금은 괜찮아요."

A가 함축 있는 시선으로 동식을 바라보고 있었다. 동식은 A의 눈을 피했다. 그리고 겸연쩍한 사이를 메우기 위해 최에게서 온 편지 얘기를 했다.

그러자 최에 관한 얘기로써 한창 얘기꽃을 피웠다.

"최의 요즘의 신조가 뭔지 아나?"

B가 말했다.

"뭔데."

하고 C가 묻자 B의 대답은,

"대학을 나와 불란서로 가는 데 방해되는 일은 일체 하지 않겠다는 거야."

"최라면 그, 영웅이 되기보다 천재 되길 택하겠다고 했다는 학생 말이지?"

유 선생이 물었다.

"그렇습니다. 하여튼 걸물이에요. 걸물은 아무래도 시골에서 나는가 봐!"

C의 말이었다.

한바탕 잡담이 계속되고 난 뒤, 유 선생이 텍스트를 들고, 읽고 있던 희곡이 일단 끝이 났으니 이번에는 그 희곡의 역을 각자 맡아서 제법 연극처럼 해 보자는 제안을 했다. 둘이가 등장하는 장면은 A와 B가 맡고 넷이 등장하면 C가 끼이고 넷이 되면 동식이가 들어가고 다섯이 될 땐 유 선생도 한몫 들기로 했는데 이렇게 정해 놓곤,

"불란서인 사이에 일본놈이 끼이는 꼴이 되겠군."

하고 유 선생이 웃었다. 희곡의 내용은 대강 이런 것이었다.

'부르주아' 출신의 청년이 공산당에 입당했다. 입당하자 당으로부터 받은 명령은 어떤 지도자를 암살하라는 것이다. 그

지도자도 공산당 간부였는데 당의 주류파의 의견과는 달리 보수 정당과 군주 정부와 연합 정권을 세워야 한다는 것이었다. 당의 주류파는 이것을 알고 그 지도자를 미리 제거하자는 것이다. 청년은 그 지도자의 비서로 취직했다. 그런데 그 지도자의 매력에 끌려만 갔다. 그러나 지령을 내린 자들의 독촉을 받고 어느 날 청년은 드디어 그 지도자를 죽이고 만다. 감쪽같이 이 암살은 정치적인 관계가 아니라 치정 관계에 의한 살인이라고 카무플라주할 만한 상황 속에서 이루어졌다. 청년은 5년의 형을 받았으나 2년 만에 특사되어 나왔다. 청년이 감옥에 있을 때 독이 든 초콜릿을 청년에게 보내 온 사건이 있었다. 청년은 그것을 누가 어떤 이유로 보냈는가도 알 겸, 같은 당원 동지이며 옛날의 애인이었던 여자를 찾아 갔다. 그러자 그곳으로 청년을 죽이려는 당의 간부들이 들이닥쳤다. 청년의 애인은 청년을 죽이러 온 사람들에게 그 청년이 당으로 복귀 가능한가를 타진할 시간의 여유를 달라고 호소한다. 그래 놓곤, 청년을 보고 그 지도자의 암살 이유나 암살 경위를 일체 불문에 부치고 다시 당으로 돌아오면 살길이 있다고 말한다. 청년은 그 이유를 물었다. 알고 보니 당이 청년을 없애려는 것은 당이 소련의 지령을 받고, 그들이 죽여 버린 그 지도자의 주장 그대로 연합 정권을 세울 방침을 결정한 때문이었다. 이럴 때 청년이 나타나서 그 지도자를 죽인 것은 치정 관계로서가 아니라 당 주류파의 명령에 의한 것이라고 폭로하면 당의 입장이 곤란하게 되는 것이다. 자기가 죽인 지도자의 동상이 서고 전국의 도시 거리마다에 그 지도자의 이름이 붙을 상황 속에 자기는 어떻게 되느냐고 울부짖으며 그 지도자를 죽인 동기를 밝히는 동시 자기도 죽기로 결심한다.

   그 희곡을 그저 읽어 내려갈 때와 극중의 인물이 되어 대사로서 말할 때완 감동이 전연 달랐다.
   청년의 역을 맡은 A는 얼굴에 홍조를 띠고,
   "정말 어떻게 해야 되지요? 그런 경우엔."
하고 극중 청년의 흥분 그대로 울부짖었다.
   "공산당 같은 데 들어가지 않으면 되지 뭐."
   청년의 애인 역을 맡은 B가 말했다.
   "공산당이 아니라도 그런 경우가 있잖겠어요? 이용할 대로 이용해 놓곤 죽여 버리는……."

C의 말소리도 심각했다. 모두가 열띤 눈으로 유 선생을 바라보았다.

"모두들 흥분하지 말고 차분히 이 작품이 제시한 문제를 생각해 보도록 하지."

유 선생은 이렇게 서두를 하고 조직과 개인의 문제, 정치의 생리와 병리의 문제 등에 관해서 세밀한 설명을 시작했다. 그러고는 다음과 같이 덧붙였다.

"그러니까 난 정치가 싫어."

"정치가 싫다고 해서 문제가 끝날까요?"

B가 물었다.

"정치에 관심을 가져도 문제가 있고 싫어해도 문제가 있고, 그렇다면 싫어하는 방향에서 생기는 문제만을 감당하기로 하는 거지, 별수 있나."

"그건 노예의 철학이 아닐까요?"

C가 물었다.

"그럴지도 모르지. 그러나 나도 아까 누구 말처럼 영웅되긴 싫으니까. 영웅이 될 각오 없이 정치에 관심을 가진다는 건 넌센스 아냐?"

유 선생은 조용한 어조로 말을 이었다.

"정치를 하려면 힘이 있어야 한다. 그 힘을 결집하는 덴 두 가지 길밖엔 없다. 하나는 수단 방법을 가리지 않는 길이고 하나는 수단과 방법을 가려가며 힘을 모으는 길이다. 정치를 하는 데도 양면이 있지. 한 면은 사람을 자꾸만 타락의 방향으로 하강시키는 면이고, 한 면은 사람을 높이는 면이다. 나와 같이 의지가 약한 사람은 힘을 결집하는 데도, 그 힘을 사용하는 데도 추잡하고 타락하는 방향으로만 기울어질 것이니 아예 단념하는 것이 옳다는 의견일 뿐이다."

이런 얘기를 듣고 있으면서도 쥘부채의 이미지를 통해 신명숙을 생각하고 있던 동식은 유 선생에게 물었다.

"아까 희곡의 경우처럼 당시 지령을 받고 어떤 개인이 악을 저질렀다고 합시다. 당은 벌할 수 없는 곳으로 가 버리고 개인만 남았습니다. 그 명백한 정치의 악을 그 개인의 책임으로만 돌리고 사형을 과한다는 것이 옳은 일이겠습니까. 법률적으로가 아니라 철학적으로 말입니다."

"그러한 당의 지령을 받아야 하는 상황을 선택했다는 책임이 있지 않겠나. 아까의 작품은 그 선택의 책임까지를 문제로서 제시하고 있잖아?"

동식은 쥘부채 사건만은 빼고 신명숙의 얘기를 했다.

유 선생은 심각하게 그 얘기를 듣고 있더니 거기에 대한 직접적인 감상은 말하지 않고 다음과 같은 의견을 말했다.

"대한민국에 앉아 공산당을 욕하고 비판하는 것처럼 쉬운 노릇은 없다. 그럴수록 지식인은 공산당 비판을 신중히 해야 하는 것이지만 내 생각으론 다음 한 가지의 사실만으로도 공산당은 이 땅에 발을 붙일 수 없을 거다. 자네들 알지? 박헌영 일파를 미국 간첩으로서 숙청 처단한 사실을. 만일 박헌영이 미국의 간첩이었다면 해방 이후 이곳에서 활약한 좌익들은 모두 미국 간첩의 앞잡이로서 놀아났단 얘기가 아닌가. 미국 간첩의 지령을 받은 세력들이 어떻게 대한민국의 역적 노릇을 할 수 있었을까를 생각하면 놈들의 수작은 뻔한 것이지만, 하여간 그들은 박헌영을 숙청함으로써 그들 나름의 명분조차 죄다 말살하고 말았거든. 그런데 박헌영이가 미국의 간첩이 아닌데 그렇게 몰았다면 그들이 얼마나 음흉하고 무서운 놈들인가를 스스로 증명하는 꼴이 되잖나. 이렇게 해도 저렇게 해도 그들은 그들의 죄악을 그들 자신의 손으로 폭로하고 만 셈이 되지 않왔나. 태백산에서, 시리산에서 대한민국의 역적으로 죽은 사람들이 김일성 도당으로부터 미국 간첩의 앞잡이 취급을 받았으니 불쌍한 건 그들이다. 자네가 말한 신명숙이란 여자도 그 불쌍한 망자 가운데의 하나라고 볼 수 있지 않을까."

동식은 신명숙에 관한 문제를 두고 좀 더 진지하게 이야기를 끌고 가 보고 싶었는데 C가 앞지르고 나섰다.

"공산당은 그렇게 나쁘니까, 대한민국이 좋다는 말씀이지요?"

유 선생은 C의 진의가 어디에 있는지를 모르는 듯 잠깐 얼굴을 바라보더니,

"가능이 있다는 점이 좋지."

했다.

"어떤 가능이죠?"

"예컨대 너희들이 좋아하는 불란서와 같은 나라를 만들 수도 있고 영국 같은 나라를 만들 수도 있고……."

"선생님은 어떤 나라같이 되었으면 합니까?"

이번엔 A가 물었다.

"나?"

72

하더니 유 선생은 답을 보류하겠다고 했다. 그러고는 스웨덴 같은 나라가 되었으면 하고 얘기도 하고, 글도 쓰다가 혼난 적이 있다고 했다.

"요컨대 선거 때 표 한 장 던지는 행동 이상의 정치 행동은 너희들도 안 하는 게 좋을 거다. 정치를 하다가 자칫하면 어떤 분파의 편협한 의견에 사로잡힌 괴물이 되거나, 평생 자기가 자기의 주인 구실을 못하고 꼭두각시 노릇을 하거나, 자만만 늘어 인생의 기미를 모르고 지나거나, 공소한 표현 속에 진실을 분실해 버리거나, 기껏 한다는 것이 비민주적 처사를 하기 위해 민주 절차를 가장하고 공짜나 바라고…… 그러나 이건 나의 의견이고 내 경험에서 얻은 것이니 하나 마나 한 이야길 뿐이다."

유 선생을 너무 많이 지껄였다는 듯이 기지개를 켰다.

유 선생의 집을 나서자 A유 동식이더러 따졌다.

"오늘도 너 혼자 빠질 참야?"

"아아니."

하고 동식은 고개를 저었다.

넷은 나란히 걸어 광화문 쪽을 향했다.

"앞으로 빠지지 말어. 네가 없으니까 바둑의 토너먼트도 안

되구. 마작을 하자니 쉴 새가 없구."

B의 말이다.

"헌데 유 선생, 생각하기보담 속물인데."

C가 불쑥 이런 말을 했다.

"어째서?"

하고 A가 따졌다.

"그 사상, 아니 사고가 지나치게 기는 것 같고 너무나 범속적
아냐?"

"자아식, 위험 사상을 가지고 있어야만 속물이 아닌가?"

"난 그 부드러운 눈빛 저편에 적어도 무시무시한 아나키즘쯤
깃들고 있지 않나 하고 기대했거든."

"네가 이놈아 속물이야. 유 선생은 아무리 낮추어 봐도 드물
게 보는 딜레탕트야. 우리나라에 아쉬운 건 바로 유 선생 같은
봉 상스 있는 딜레탕트란 말이다."

A와 C의 응수를 듣고 있다가 B가 한마디 거들었다.

"임마 C, 입 밖으로 나오는 사상하고 가슴속에 간직된 사상
하곤 다를 수가 있는 거다. 넌 왜 그리 얄팍하노."

"넌 두툼해서 썩은 두부 같구나."

"썩은 두부라도 좋다. 빙산의 일각도 채 못 될 정치담 한 번 듣고 이렇구 저렇구 평을 해? 그게 얄팍하다는 거다."

"유 선생 얘기는 그만둬. 아까 스웨덴 얘기 하다가 혼났다고 하지 않더냐. 그 도피주의를 우리들만은 긍정해 줘야 할 게 아닌가. 사십 년이 넘는 세월 속에서 배운 그 도피주의의 지혜를 우린 건강한 식욕으로써 소화해야 할 게 아냐?"

"A, 너 언제부터 그처럼 어른이 됐노."

B가 한 말이지만 동식의 마음도 그랬다.

오래간만에 바둑 토너먼트를 하기로 했다. 토너먼트를 해서 1위에서부터 4위까지를 정하는데 이 클럽의 관례는 이색적이다. 1위가 4백 원을 내고 2위가 3백 원, 3위가 2백 원, 4위가 1백 원을 내서 대폿값으로 하게 되어 있다.

대폿집에 간다고는 하나 아직은 술맛은 몰랐다. 그저 영락한 분위기를 즐기며 백탁白濁한 술잔을 앞으로 하고 앉아 되는 대로 떠들어 대는 것이 취미였다.

"동식이, 요 전날 우리가 어딜 갔는지 알아맞혀 봐."

B가 A와 C를 번갈아 보곤 말했다.

"치사스러, 집어쳐."

하고 A가 소리를 질렀다.

"우린 H동에 있는 사창굴에 갔어. 약방에서 무장 기구를 사 들고."

"H동 입구에서 A가 창녀에게 붙들렸거든."

C가 B의 말을 거들었다. B가 깔깔대고 웃으면서 A를 가리켰다.

"저 녀석, 비명을 지르고 내빼는 꼴이란!"

홧김인지 A는 자기 앞에 놓인 대폿잔을 단숨에 들이켰다.

C가 말을 이었다.

"동정은 부담이 돼서 못쓰겠다고 하는 것이 쟤의 입버릇 아 냐? 그렇게 선동해서 우리를 거기까지 끌고 가 놓곤, 선봉에 섰 던 놈이 비명을 지르고 내뺐으니 꼴이 뭐 됐겠어."

동정이 부담이란 말을 A에게서 들은 적이 있다. 동식이 들은 말은 이랬다.

"동정이란 그만큼 호기심이 많다는 얘기가 아닌가. 여자만 보면 이상해진단 말야. 이래 가지곤 어찌 여자를 냉정하게 관 찰할 수 있겠어? 여자를 냉정하게 관찰하고 정당하게 평가하 기 위해서라도 동정은 빨리 깨뜨려 버려야겠어. 그런데 이편의 편리를 위해 학교에 다니는 계집애들을 건드릴 수도 없고 거리에 다니는 처녀를 무책임하게 꾈 수도 없고 아무래도 우리의 동정을 육(肉)의 암시장에 갖다 버려야겠어."

A는 또 이런 말도 했다.

"동정의 사랑은 아무래도 여자에게 대한 진짜 사랑이 되지 못할 것 같애. 어떤 우연으로 만날 수 있게 된 여체에 대한 호기심을 우리들은 첫사랑으로 오인하고 있는 것이 아닐지."

동식은 세 친구를 돌아보며 자기만이 동정이 아니라는 사실을 깨닫고 숙연해졌다.

"오늘 또 H동에 가 볼까?"

B가 A의 눈치를 살피며 말했다.

"오늘은 그만두지."

A가 말했다.

"목사의 아들이란 게 그처럼 속박 관념이 되는 걸까?"

C의 말이다. A는 목사의 아들이었다.

"너 사람의 비위를 건드려야만 직성이 풀리겠니?"

A가 흥분했다. A는 목사의 아들이란 말만 들으면 불쾌한 모양이었다.

부자연한 침묵이 흘렀다.

"이수근이라는 녀석, 너희들 어떻게 생각하니?"

A가 돌연 말을 꺼냈다.

"그 자식 자칫했더라면 즈그 동네에서 영웅 될 뻔했잖아?"

C가 이렇게 말하자,

"영웅이 뭐야, 그런 녀석은 어느 동네에 가도 영웅은 못 된다. 우선 그 능글능글한 꼬락서니를 봐."

하고 B가 내뱉었다.

"어쨌든 일종의 비극이지."

C가 또 이렇게 말하자,

"비극? 비극 좋아하네. 비극이 되자면 인물에 어느 정도의 품위라는 것이 있어야 해. 사상과 인간성의 상극에서 오는 고민이라든가, 고민의 심연에서 풍겨지는 성격의 빛깔이라든가."

하고 B가 흥분했다.

"이수근에게도 성격은 있잖아?"

C가 부드럽게 말했다.

"그런 것은 비극이 될 성격이 못 된다고 하잖았어? 비극적 인물이라면 꼭같은 행동을 했다고 치더라도 이수근 같은 그런 몸가짐, 그런 행세는 안 하는 거야."

B의 말을 들으면서 동식은 그 번들번들한 이수근의 이마를 생각했다. 그 이마를 생각하니 쥘부채 생각이 났다. 쥘부채로써 그 이마를 막 쳤으면? 관상학은 성립될 수 있는 것이란 생각도 들었다.

B의 말은 더 계속되었다.

"입신출세를 위해서는 동료, 동배를 모함하는 것쯤은 예사로 하고, 어떠한 모험도 감내하되 편리주의의 방향만을 택하고, 자기 때문에 어떤 손해를 남에게 끼쳐도 눈썹 하나 까딱하지 않고, 그러면서 자존과 자만만은 똥배에 가득 차 있어 가지고, 거만하고 건방지게 구는 인간. 그런 인간은 어떤 사상을 가져도 구원받지 못해."

"경쟁 사회에 이겨 남을 표본적 인간이로구먼, 자네 말대로 하면."

C가 빈정대며 말했다.

"헌데 뚱딴지같이 술맛 떨어지게 이수근의 얘기는 왜 꺼냈어?"

하며 B가 A를 노려보았다.

"아냐, 슬쩍 여자 생각을 해 봤지. 어떤 주간 잡지에서 보니까 그 녀석 꽤 많은 여자를 농락한 모양 아냐? 그런 치에게 몸을 함부로 맡기는 것이 여자다 하고 생각하니 여자가 딱 싫어졌다는 얘기다."

"너무나도 간단한데."

하는 B의 말을 막고 A가 말을 이었다.

"간단하다니, 설혹 창녀라고 하자. 돈 받고 파는 여자 말야. 그런 여자라도 이수근이 따위의 사내는 거절한다. 이런 식으로 되어 주었으면 하는데 말야."

"너도 참, 붙들리기 전에 누가 이수근의 정체를 알았겠어?"

C가 말했다.

시무룩한 분위기가 흐르는 가운데 술잔은 돌았다.

이번엔 C가 말을 꺼냈다.

"개헌이 될 것 같애?"

"개헌이라니?"

A가 되물었다.

"헌법을 바꾸는 얘기 말야."

A는 흥미가 없다는 듯이 고개를 돌렸다.

"바꾸든 말든, 그게 무슨 상관야."—B.

"이놈아. 나라의 중대사다, 중대사. 그런 것을 무관심하게 보아 넘겨?"—C

"그럼 넌 개헌에 반대냐, 찬성이냐?"

B가 C더러 물었다.

"말해 뭣해, 자식아."

"어느 편이냐 말야."

"난 반대다."

C가 또박 말했다.

"이만큼 안정 세력도 만들어 놓았고 건설의 실마리도 잡혔고 했는데 정권이 바뀌져 봐, 또 혼란이 일어날 것 아냐? 개헌하지 않았을 경우의 대안도 생각하고 얘기해야 할 것 아냐?"

하는 B.

"이 자식 똑 누구의 말 같구나. 누가 나와도 대통령 후보는 나올 것 아닌가? 후보가 나타나면 선거하면 될 것 아닌가?"

하는 C.

"혼란이 있고 북괴의 공작도 있을 테니 말 아닌가."—B.

"혼란이 겁이 나서 민주주의 하지 말자는 얘기로군."—C.

"누가 민주주의 말자고 그랬나. 개헌도 민주적 절차를 밟아

할 테지. 달리 방법이 있나?"—B.

"민주주의는 민주적 절차를 밟는다고 되는 거가 아냐."—C

"민주주의에 있어서 절차가 문제지 뭐가 문젠고."—B

"정신이 문제다."—C

"정치란 그렇게 단순한 게 아니거든."—B

"임마, 넌 언제부터 정치를 그렇게 잘 아니."—C.

"생각해 봐, 그저 감정적으로만 떠들어 대지 말고."—B

"감정적이 또 뭐야. 개헌을 해야 할 사람에게도 백 가지 이유가 있다고 치자. 해선 안 된다고 하는 사람에게도 백 가지 이유가 있다고 치자. 그럴 것 아냐? 그럴 때면 현재의 원칙대로 하는 거다, 원칙대로."—C

"자아식 원칙 좋아하네."—B

"그러나 나는 현재 대통령의 인격과 양식을 믿어. 개헌하지 않을 거야."—C

"나는 현 대통령의 애국심을 믿어. 자기 인격과 양식을 만족시키기 위해서는 개헌을 하지 않을지 모르지만 나라와 민족을 위하는 애국심으로선 개헌을 할 거야."—B

"개헌을 하게 되면 또 데모 소동이 일겠지?"

A가 근심스럽게 말을 끼었다.

"그걸 어떻게 알아."—B.

"만일 알 수만 있다면 너희들 한 달 전에쯤 내게 알려 줘."—A.

"뭣 하게?"—B.

"제주도에나 갈까 해서."—A.

"제주도?"—C.

"바로 그때 피하면 비겁하다고 할 테니 미리 일찌감치 피해 버리는 거야."—A.

"데모에 끼이지 않겠다, 그런 말이로구먼."—C.

"나는 데모에 끼이지 않은 행위 외엔 효도할 재간이 없는 놈이니까."—A.

"자아식 우습게 노네."—C.

B와 C 사이에 다시 토론이 시작되었다. A가 한참 동안 그 두 사람을 번갈아 보고 있다가 말했다.

"오늘 밤은 왜 이렇게 자꾸만 시사적·정치적으로만 놀려고 그래, 지금부턴 오락적·낭만적으로 놀자꾸나."

모두들 그 의견에 찬성했다. 그러나 오락적·낭만적으로 논다고 해 봤자 설익은 음담, 몇 번이고 재탕을 한 재담을 되풀이

하는 주제밖엔 되지 않았다. 드디어 C가 탄식을 했다.

"설악산에 갈 용기도 없고, 해프닝을 할 수 있는 재간도 없고, 히피가 되기에는 조숙해 버렸고, 재즈에 미치기엔 신명이 적고, 데모에 끼일 박력도 없고, 매춘굴에 가서도 외입 한번 못하고 납덩이 같은 동정을 끌고 돌아다니며 논다는 것이 매너리즘, 우리의 청춘은 치욕의 청춘이다. 청춘의 치욕이다. 아아 치욕의 청춘을 이 탁한 대포로써 탁화濁化시켜라. 포도주를 마시는 구라파 학생은 아폴로의 총명을 디오니소스처럼 도취시키지만 탁주를 마시는 한국의 학생은 구정물을 마시는 돼지의 이취泥醉를 배운다."

"말 한번 잘했다. 치욕의 청춘들아!"

B도 기세를 올렸다.

돌아오는 길, 버스 타는 곳까지 방향이 같은 A와 동식은 나란히 걸었다. A가 입을 열었다.

"납덩이 같은 동정이란 C의 표현은 좋았어. 이걸 빨리 없애야만 결혼 상대도 선택할 수 있을 것 같아. 이대로라면 누구든 제일 먼저 나타나는 여성과 아무렇게나 결혼해 버릴 것 같애. 그것이 무엇인지를 알고 싶어. 우선 여자를 안아 보고 싶은 호기심으로 말야."

"아무렇게나 닥치는 대로 결혼하라는 학설이 있대."

하고 동식이 말했다.

"잘난 여자는 잘난 여자대로, 못난 여잔 못난 대로, 유식하면 유식한 대로, 무식하면 무식한 대로, 정결하면 정결한 대로, 부정하면 부정한 대로 뜻이 있고 의미가 있다고 하잖아?"

A가 동식의 얼굴을 들여다봤다.

"동식이, 네 입으로 내게 그런 말을 해?"

동식은 비수에 찔린 것처럼 아찔했다. 마음에도 없는 소리를 지껄였다는 자책으로서였다. 따분한 공기가 두 사람 사이에 오 갔다. 이번엔 동식이 입을 열었다.

"신이란 있는 것일까?"

"목사의 아들이라고 해서 내게 그걸 묻나?"

"아냐, 참으로 알고 싶은 거야."

"나도 뭔지 모르겠어. 우리 집엔 신의 은총이 가득 차 있거 든. 그 냄새가 바로 위선 같은 냄새라서 견딜 수가 없었지만 요 즘은 달라졌어. 위선도 철저하기만 하면 선의 행세를 할 수 있 다고 생각하게 된 기야. 나는 그 위선의 가면을 벗길 틈만 찾고 있었는데 그 가면이 피부와 완전히 유착해 버려서 가면을 벗기려면 살을 에워 내야 한다고 생각하게 됐거든. 그렇게 철저한 위선을 가능케 하자면 어떤 초월자가 있어야 하는 것 아냐? 그게 바로 신이 아닌가, 하는 생각도 해 봤지."

"나는 그런 뜻으로서가 아니라, 전지전능하고, 벌을 줄 놈에겐 벌을 주고 보상을 해야 할 자에겐 보상을 하는 신이 있어야겠다고 생각한 거야."

"볼테르와 같구먼. 신이 없으면 신은 만들어야 한다고 하잖았어!"

"볼테르와도 다른 뜻이야."

"자네와 같은 그런 뜻이라면 신은 영영 없을지 모르지. 나의 백부는 명쾌하단 말야. 아버지를 보기만 하면 하시는 말씀이 있지. 예수고 뭐고 한 2천 년 믿어 별수 없었으니 그만두라는 거야. 이름난 목사로 알려진 아버지도 2천 년의 증거를 들이댄 이 강력한 발언엔 꿈쩍도 못하드만."

밤하늘에서 눈이 내리기 시작했다.

설악산의 조난자들이 살아날 가망은 자꾸만 줄어들었다.

A와 동식은 버스 타는 곳에서 헤어졌다. 혼자가 된 동식은

자기에겐 그 '납덩이 같은 동정'이 없다는 의식을 새롭게 했다. 동식은 그의 동정을 성녀의 처녀와 맞바꾸었다. 버스간에 앉아 전등 불빛을 받고 휘휘 날리는 눈을 바라보며 동식은 선명한 영화의 장면을 방불케 하는 어느 날의 정경을 회상하고 있었다.

지난 가을 늦은 철의 어느 날 아침. 전화통에 성녀의 메조소프라노 음성이 울려왔다. 빨리 나오라는 것이었다. 제일 좋은 옷을 입고 머리를 곱게 빗고 종로에 있는 KI다방으로.

달걀색 코트 밑에 진회색 울 스커트를 입고 가느다란 목에 목주木珠의 목걸이를 달곤 성녀는 상냥한 웃음으로 동식을 맞이했다.

"워커힐에 빌라라는 것이 있어. 따로따로 떼어서 지은 일종의 방갈로지. 가 본 일 있어? 없어? 거길 안 갈래?"

한 번도 자진해서 어딜 가자고 말한 적이 없는 성녀의 이 당돌한 제안은 동식을 당황하게 하도록 기쁘게 했다.

"돈 걱정은 하지 마, 여게."

하며 성녀는 깔깔한 새 지폐가 모로 선 채 꽉 들어 있는 백을 열어 보였다. 부잣집 딸이면서도 돈을 그처럼 많이 가지고 나온 것도 성녀로서는 처음인 것이다. 빌라의 이름은 PEARL 7호였다. 가을의 한강이 눈 아래 흐르고 가을의 들이 멀리 가을의 산에까지 펼쳐 있고, 가을의 천호동이 가을의 하늘 밑에 가을의 정취를 풍기며 평화로웠다.

주스를 빨다가 말고 성녀가 말했다.

"당신, 아니 너 상징이란 말 아니? 심볼이란 상징, 상징이란 심볼."

동식은 잠자코 있었다.

"이 밀실에 여자를 가둬 놓고 남자가 할 일을 아나?"

동식의 숨소리가 거칠어졌다. 성녀의 코트를 끄집어 당기듯 벗겼다. 드레스 뒤에 잠겨진 재크를 풀어 내렸다. 브래지어를 푸는 솜씨가 어색했다. 성녀 스스로 브래지어를 벗었다. 무사들의 갑옷을 방불케 하는 내의가 나타났다. 주렁주렁 달린 스타킹 슬립을 끄르고 마룻바닥에 꿇어앉은 채 그 긴 스타킹을 벗겨 내렸다.

"상징이 뭔지 알아? 상징이?"

성녀는 베드 위에서 신음했다. 처녀가 사라지고 동정이 사라지는 순간에 다시 한 번 속삭였다.

"상징이 뭔지 알어? 상징이."

동식은 성녀를 안은 채 잠이 들었다. 눈을 떴을 때 성녀는 곁에 없고 욕실에서 샤워를 하는 소리가 들렸다. 동식은 옷을 입고 창가에 앉았다. 샤워 소리를 들으며 가을을 봤다. 가을을 바라보며 샤워 소리를 들었다. 신혼여행 첫날밤에 들어야 할 그 샤워 소릴 왜 지금 듣고 앉았는가의 의미를 챙겨 볼 마음의 여유도 없었다.

땅거미가 질 무렵 빌라에서 나왔다. 성녀도 동식이도 말이 없었다. 또 언제 만나자는 얘기도 없이 둘이는 헤어졌다. 그 이튿날 동식은 성녀에게 전화를 했으나 집에 없다는 대답이었고, 그다음 날 전화를 걸려는 참인데 성녀에게서 편지가 왔다. 결혼하게 되었으니 그리 알라는 간단한 사연이었다. 그 편지를 받곤 전화도 하지 못했다. 편지를 쓰지도 못했다. 워커힐에서의 그 하루의 충격적인 아방튀르에서 깨어나지 못한 채 슬픔도 고통도 아직 심상의 표면에 떠오르지 않았다.

한 달이 가고 두 달이 갔다. 동식은 실성한 사람처럼 되었다. 도대체 어떻게 해야 할지도 모르고 건성으로 날을 보내고 있는 참인데 한 장의 그림엽서가 태평양의 섬 '괌'에서 왔다. 미국으로 가는 도중이라고 하고.

'여길 떠나면 당신을 영영 잊을 작정입니다.'

이름을 쓰진 않았으나 필적으로 보아 성녀의 그것이었다. 엽서의 그림은 한 그루의 꽃나무였다. 영문으로 된 설명은 '열대의 태양 밑에 불꽃나무는 그의 영광을 향해 화려하게 꽃피고 있다.'고 되어 있었다.

불꽃나무는 'In it′s glory'란 표현이 꼭 어울리도록 진홍의 불꽃처럼 타오르고 있었다.

결별의 선고가 '영광'이란 문자의 꽃과 동반하고 있다니 동식은 악의와 독기를 가슴속에 심었다.

M동 산 13번지. 그곳엘 가야겠다는 생각은 하면서도 용기가 나질 않았다. A, B, C 누구에게라도 의논을 해서 동행을 청해볼까 했지만 내키지 않았다.

설악산 조난자들의 시체가 전부 발견되었다는 소식이 있은 그 이튿날 동식은 설악산에 갔다 왔다는 어떤 산악회원을 찾았다. 가만 있을 수 없는 심정이라기보다 자기 자신도 뭐가 뭔지 알 수 없는 감정에 솟구친 행동이었다. 그 산악회원은 조난 현장을 상세히 설명했다. 그런데 그 설명 가운데 조난자들의 얼굴이 죄다 망가져 있더라는 말이 나오고 정면에서 들이닥친 얼음 바위 때문에 순식간에 만사가 끝난 것 같더라는 얘기를 듣고 동식은 총총히 물러나 버렸다. 얼음의 동상이 되어 고귀하게 숨진 젊은이의 이미지가 일시에 무너지는 듯하면서 동식은 그 설명자를 미워했다. 그처럼 구체적으로 설명할 필요가 없는 것이 아닌가. 영원히 젊을 조난자들의 이미지를 그처럼 산문적으로 깨뜨릴 권리가 없는 것이 아닌가 하고 분개했다.

그러한 설명은 영웅적인 죽음을 일상적인 죽음의 비참으로 격하시켜 버리는 노릇이다. 누가 실질적인 설명을 요구라도 했던가. 과학적인 설명을 원하기라도 했던가. 영웅을 이해하기 위해서는 영웅적인 표현이 필요하다. 동식은 그 산악회원을 찾아간 것을 후회했다. 걷잡을 수 없는 흥분에 사로잡히기도 했다. 이런 흥분 상태에서 그는 M동 13번지를 찾게 된 것이다.

동회에서 물었더니 좁은 골목길을 거의 산마루까지 기어올라야 한다고 했다. 골목길을 기어오르면서 보지 않으려고 해도 눈에 들어오는 길갓집의 내부에 새삼스러운 감회를 가졌다. 기어들고 기어나는 집 안인데도 좁은 마당이나 좁은 청마루가

깨끗하게 나듬어져 있어, 거기서 쉬어 갔으면 하는 마음을 돋우는 집도 있고, 사람의 내장을 끄집어내어 함부로 팽개쳐 버린 것 같은 지저분한 집 안 꼴도 있었다.

산마루 가까이에 이르자 골목 한 모퉁이에 사람들이 서성거리고 있고 어떤 집에선지 고함 소리가 터져 나오고 있었다. 아마 어떤 집에 싸움이 난 것을 동리 사람들이 구경하고 있는 것이란 짐작이 갔다. 동식은 그 가운데 서 있는 노인 한 사람을 붙들고 M동 산 13번지를 물었다.

"이곳이 전부 산 13번지외다."

노인의 대답이었다.

양수연이란 분의 집이 어디냐고 거푸 물었다.

"바루 이 집이오."

하고 싸움이 나 있는 듯한 집을 노인이 가리켰다.

"헌데 무슨 소동이죠."

하고 묻자 노인은,

"여게서 들어보슈. 들어보면 알 게요. 그런데 댁은 이 집허구 무슨 관계가 있는 사람이오?"

"아무런 관계도 없습니다."

노인은 수상쩍은 눈으로 동식의 아래위를 훑어보더니 다시 그 집 안으로 시선을 옮겼다. 그 집은 골목길에서 한 단쯤 낮은 곳에 있는 집이어서 좁은 뜰과 뜰 한구석의 장독대 마루에, 또는 뜰에 서 있는 사람들이 죄다 바라보였다.

　"그러질 말구 썩 물러서시우."

　집 안에서 앙칼진 노파의 소리가 울려 나왔다. 이에 겹쳐 젊은 남자의 목소리도 울려 나왔다.

　"안 된다면 안 된단 말예요."

　남자의 말엔 울먹이는 투가 있었다.

　"야, 보슈. 그놈은 원수요, 원수. 우리 명숙의 원수란 말요, 그 원수놈허구 어째?"

　노파의 앙칼진 소리였다.

　"아니라니까요, 할머니. 아니라구요."

　청년은 여전히 울먹거렸다.

　"아니던 기던 상관할 것 없으니 이 일에 방해하지나 마슈."

　이번엔 남자 노인의 소리였다.

　"성례를 하려면 우리 형님허구 해야 헌단 말예요. 그 밖의 딴 사람허군 못 허단 말예요."

"참 기가 차서. 어디서 난데없이 날아들어 가지곤 생떼를 쓰니 에이 기가 막혀. 이 동네는 사람도 없나, 이 사람을 쫓아 줄 사람도 없나."

노파가 고래고래 소리를 질렀다.

"여보쇼, 젊은 어른. 생떼를 쓰지 말고 썩 물러서시오."

무당의 의상을 한 중년 여자가 창을 하는 사람에게 흔히 보는 탁 가라앉은 소리로 청년을 타일렀다.

"안 된단 말예요. 안 된단 말예요."

청년은 밀어내는 중년 여자의 손을 뿌리치며 울먹이는 고함을 질렀다.

동식은 어떤 내용의 사건인지 도시 요령을 잡을 수가 없었다. 초조했다. 그래 아까의 노인더러 물었다.

"도대체 무슨 일입니까. 좀 가르쳐 주십시오."

노인은 잠깐 동안이나마 같이 서 있었다는 데 마음을 허할 생각이 났던지,

"우습기도 하고 딱하기도 한 일이오."

했다. 계속 나올 말을 기다리고 있는 듯한 동식의 눈초리를 보며 노인은 얘기를 시작했다.

"이 집 조카딸이 감옥에서 죽어 나왔소."

"신명숙이란 이름이죠?"

"이름은 뭔지 모르지. 헌데 처녀로서 죽은 귀신은 처녀 귀신이 된다고 하지 않던가배. 그래 이모되는 사람이 조카딸 처녀 귀신 면해 주려고 신랑감을 구하고 있는데……."

"죽은 사람의 신랑감을요?"

동식은 그 황당무계한 얘기에 하마터면 실소를 터뜨릴 뻔했던 것을 간신히 참았다.

"마침 이 동네에 총각으로 죽은 귀신이 있었거든. 그래 두 집에서 합의를 보고 오늘 그 성례식을 하려고 무당까지 불러 막 초혼招魂을 시작하는 판인데 난데없이 어떤 청년이 나타나 결사적으로 반대를 하지 뭐야. 그 실랑이라우."

노인 말마따나 우습기도 하고 딱하기도 한 사정이었다.

집 안에선 계속해서 고함 소리와 울부짖는 소리가 들려왔다. 경찰관을 불러야겠다는 소리도 섞였다.

"쳇, 경찰인들 어쩔 건고."

노인은 혼잣말을 하며 웃었다.

동식은 그 청년이 혹시 ㄱ, ㄷ, ㄱ과 관계가 있는 사람이 아닌가 하는 생각이 들었다. 그렇다면 가만히 보고 듣고만 있을 일이 아니라고 생각했다.

"청년의 이름이 뭘까요?"

"그걸 내가 어떻게 아우?"

동식은 주저주저하면서도 문간에 들어서 층계를 내려 뜰에 섰다. 동식이 들어오는 것을 보자 노파가 한층 더 높은 소리로 외쳤다.

"이 동네에는 사람도 없나. 저놈을 쫓아 줄 사람도 없나. 여보 젊은 양반, 저놈을 좀 쫓아 주구려. 우리 불쌍한 명숙일 성례시키게 저놈 좀 쫓아 주오."

동식이 말할 수 있는 계기가 생겼다. 동식은 거의 마흔 가까이 돼 뵈는 사람의 곁에 가서 조심스럽게 이름을 물었다. 그 사나이는 동식을 무슨 기관에 있는 사람인가 싶었던지 주춤하는 모양이더니,

"제 이름은 강덕호라고 합니다."

"어디 사시지요."

"충청도요."

"어떻게 된 일입니까."

"이번에 옥사하신 신명숙 씨와 저의 형은 서로 사랑하는 사이였어요."

하자 노파가 펄쩍 뛰었다.

"사랑하긴 뭘 사랑했단 말야. 원수지 원수. 그놈이 없었더라면 우리 명숙이가 뭣 땜에 감옥소엘 갔으며 이렇게 억울하게 죽었을 것인가. 아, 그놈이 꼬여, 그놈의 꾀임에 빠져 그처럼 기박한 팔자가 되었던 것 아닌가."

"형님의 이름은 뭐죠?"

동식은 자기의 어수선한 입장을 의식하면서 물었다.

"강덕기라고 했습니다."

불현듯 ㄱ, ㄷ, ㄱ의 부호가 생명을 띠고 동식의 뇌리에 나타났다.

"강덕기 씨는 지금 어디에 있습니까?"

간신히 흥분을 가라앉히며 동식이 물었다.

"죽었습니다. 십오 년 전에 사형을 당해 형무소에서 죽었습니다. 그때의 유언이 죽은 후에라도 명숙 씨를 사랑한다고 했고, 죽은 마지막 순간에도 명숙 씨의 이름을 불렀다고 형무관이 전해 주었습니다."

"그놈이 그랬다고 우리 명숙이가 그놈을 용서해 줄 줄 아나?"

노파가 악을 썼다.

동식이 마루 끝에 걸터앉으며,

"할머니."

하고 조용하게 불렀다. 노파의 눈물 어린 시선이 바로 앞에 있었다.

"만일 명숙 씨가 강덕기 씨를 사랑하고 있었다면 어떻게 하시렵니까?"

"사랑하다니, 천만의 말씀이지. 그놈이 우리 명숙이를 꾀어서 산으로 들로 돌아다니다가 붙들려선 저는 죽고 명숙이에게 무기징역을 받게 했는데 명숙이가 그놈을 사랑해? 어림도 없는 얘기지. 어림도 없는 말이고 말고."

"그런데 만일이라는 게 있지 않겠습니까, 만일 사랑했더라면 어떡허시겠습니까?"

"그런 일 없대두요."

노파는 버럭 소리를 질렀다.

동식은 호주머니에서 부채를 꺼냈다. 노파가 질색을 했다.

98

"이거 어디서 난 거유, 우리 명숙이 건데. 짐을 챙길 땐 분명히 보였는데 집에 와 보니 없어졌지 뭐유. 그거 어디서 난 거유."

"명숙 씨가 내게 선사한 겁니다."

동식은 이상한 감동에 사로잡혀 자기도 모르게 이런 소릴 했다.

"선사를 하다니, 죽은 뒤 내 눈으로 분명히 보았는데 어떻게 선사를 했단 말유."

"죽은 후라도 뜻이 있으면 선사할 수 있는 겁니다. 자기의 뜻을 이루어 달라고 명숙 씨가 내게 선사한 것입니다."

이렇게 말하고 있는 동식의 시선에 벽 쪽으로 기대어 놓은 낡은 사진이 들어왔다. 희미해진 사진이었으나 이마와 코를 비롯해서 윤곽만은 선명한 소녀의 사진이었다. 신명숙의 사진임이 틀림이 없었다. 오늘의 결혼식을 위해서 복사·확대해 놓은 것이었다. 동식은 영리하게 빛나고 있는 명숙의 눈과 청초한 기풍을 풍기고 있는 얼굴을 바라보면서 말을 이었다.

"이 쥘부채에 명숙 씨의 뜻이 새겨져 있습니다. 보십시오. 이것은 나비지요? 이것은 나리꽃입니다. 명숙 씨는 이 부채를 만들어 이떤 사람에게 호소하고 있었습니다. 당신은 죽어서 나비가 되고 자신은 죽어서 꽃이 되리라고. 이 부채는 바로 그 염원을 새긴 부채입니다."

이런 유창한 설명을 하게끔 하는 힘이 어디서 솟았을까 하고 자기도 의심해 보는 마음으로 동식은 말했다. 주위가 돌연 숙연해진 것 같았다. 창문에 기댄 채 동식을 바라보고 있는 중학생 또래의 소녀가 눈에 띄었다. 동식은 부채를 펴 들고 그 소녀를 가까이 오라고 손짓했다. 다가앉은 소녀의 눈앞에 부채의 꽃 그림을 가리키며 동식이 물었다.

"봐, 여기 있는 글자를 알아 봐."

"시옷, 미음, 시옷."

또록또록 소녀는 읽었다.

"ㅅ, ㅁ, ㅅ이니 신명숙이란 뜻이지?"

소녀는 고개를 끄덕였다.

"자 그럼 이걸 읽어 봐."

하고 동식은 이번엔 나비의 날개 위에 있는 반점을 가리켰다.

"기역, 디귿, 기역."

"ㄱ, ㄷ, ㄱ이니 강덕기로 되잖아?"

소녀는 다시 고개를 끄덕였다.

"말하자면 신명숙 씨는 강덕기 씨에 대한 사랑을 안고 17년 동안 형무소 생활을 견디어 왔단 얘기가 됩니다. 강덕기 씨가 나비가 되어 꽃이 된 자기를 찾아 주길 꿈꾸면서 긴 고난의 생활을 살아온 것입니다."

강덕호가 울음을 터뜨리고 노파도 통곡을 터뜨린다. 소녀는 눈물을 닦고 무당은 짐을 챙겼다. 총각 귀신의 어머니인 것 같은 다른 하나의 노파는 아들의 것인 성싶은 사진을 보자기에 도로 싸며,

"딴 사내를 좋아한 처녀 귀신을 내 아들인들 좋아할 턱이 있나."

하고 중얼거렸다.

동식은 자리에서 섰다.

"부채는 내가 가지고 갑니다."

하고 포켓에 넣었다. 아무도 반대하는 사람이 없었다. 골목길을 빠져나오는데 아까의 사나이가 뒤쫓아와서 고맙다고 했다. 언제 날을 정해 자기 형과 신명숙 씨와의 결혼식을 할 참인데 꼭 참석해 달라고도 했다.

동식은 뭐라고 대답할 수가 없었다. 그리고 생각했다.

'부채가 할 일과 내가 할 일은 끝났다.'

그날 새벽, 부채가 거기에 떨어져 있지 않았더라도, 그것을 자기가 줍지 않았더라도 영혼끼리의 결혼이나마 어색스럽게 되었을 것이라고 생각하니 사람의 집념은 기필코 기적을 낳을 수 있는 것이란 확신을 얻었다. 동식에겐 이 확신이 소중한 것인지 몰랐다.

M동엘 다녀온 그 이튿날, 동식은 두 사람의 형사에 의해서 경찰서에 연행되었다. 무슨 이유로 출옥자의 동정을 살폈는가, 무엇 때문에 M동엘 갔는가 하는 것이 심문의 골자였다.

"요즘 학생들은 무턱대고 까분단 말야."

학사 출신이란 경찰관이 신랄하게 동식을 다루었다.

동식은 소설을 쓰기 위한 호기심 이외는 아무런 동기와 이유도 달리 없다고 말했으나,

"배후에서 시킨 사람을 순순히 대라."

는 추궁이 맹렬했다. 유 선생이 시킨 일 아니냐고도 했다. 동식은 유 선생은 훌륭한 인물이라고 증언했다. 그러자 경찰관은

현재의 상태보다 유 선생의 전력에 보다 중점을 두는 것 같았다. 동식은 자기 때문에 터무니없는 오해를 받게 된 유 선생에게 죄스러움을 느꼈다. 심문은 조금씩 사이를 두고 꼭같은 심문의 반복으로 열 시간이나 끌었다. 호기심 이외에 아무런 이유도 배후의 인물도 없다는 것이 밝혀지자 동식은 풀려나왔다. 그때 경찰관은 다음과 같이 말했다.

"쓸데없는 호기심을 버리란 말야. 동백림 사건 같은 것도 그 호기심 때문에 저질러진 것이다. 따지고 보면 잠깐 동안 불쾌했겠지. 그러나 이해해라. 모두가 국가의 안전을 위한 일이다. 대한민국의 신경이 조그만 틈서리도 놓치지 않고 이처럼 경계를 치밀히 하고 있다는 것을 안 것만 해도 좋은 일이 아니냐."

기다리고 있던 아버지와 더불어 밤길을 걸었다. 아버지는 먹고 싶은 것을 대라고 하고 봄철이 왔으니 양복을 만들자고도 했다. 구두도 사라고 했다. 그러나 동식은 그럴 신명이 나질 않았다.

청명한 날, 동식은 단신 안산鞍山에 올랐다. 강덕기가 처형을 당하고 신명숙이 17년의 청춘을 묻은 서대문 교도소가 장난감처럼 눈 아래 보였다. 그러나 그날의 감상으로선 서울의 시가가 그 장난감 같은 서대문 교도소를 주축으로 짜여져 있는 것이었다. 그 교도소를 주축으로 눈에 보이지 않는 신경의 그물이 온 시가를 감싸고 있는 것 같은 느낌조차 있었다.

동식은 가지고 온 휘발유를 쥘부채 위에 뿌리고 성냥을 그어 댔다. 붉은 화염이 일시에 일고 자줏빛 연기가 가늘게 진동하면서 하늘로 올랐다. '당신은 죽어 나비가 되고 나는 죽어 꽃이 되리라.'는 염원이 자줏빛 연기가 되어 하늘에 올라 다시 퍼져 대기와 섞일 것이다. 그렇게 되면 신명숙의 집념은 이 우주에 미만하게 된다. 집념의 연기는 섭리의 기운을 불러일으켜 그 섭리는 몇 억 년, 몇 십억 년, 몇 백억 년, 몇 천억 년 동안을 작용해선 산산이 흐트러진 강덕기의 원소와 신명숙의 원소를 한 마리의 나비로 한 떨기의 꽃으로 결합하는 생명 전생生命轉生의 기적을 나타낼 것이다.

비는 마음에 몇 천억 년인들 어떠랴. 인간의 집념에 보람이 없다면 인간은 지금 살고 있는 영광마저 포기해야 할 것이 아닌가. 억겁의 시간 속에 수유須臾를 살고도 의미가 있다면 억겁을 넘어 작용할 수 있는 집념의 보람됨이 있기 때문이다.

쥘부채의 형체는 말쑥이 사라지고 쥘부채에 새겨진 집념만이 뚜렷하게 맑은 공기처럼 남았다. 사라진 부채와 더불어 그녀에 대한 관심도 동식의 마음속에서 말쑥이 가셨다. 억겁을 살아남을 보다 진실한 집념을 가꾸기 위해 심상 위에 부침하는 포말은 이를 거둬 버려야 하는 것이다.

　어느덧 해가 기울었다. 박명의 시간이 주위를 에워쌌다. 전등이 꽃피기 시작했다. 유 선생의 의견에 의하면 이 시간이 가장 아름답다고 했다. 밝지도 어둡지도 않은 시간은 지혜의 시간이라고 했다. 어둠을 비추는 전등이 이 시간에만은 꽃의 역할을 한다고 했다. 이 시간은 또 노인의 주름살을 밉지 않게 하는 시간이며 초로의 잔주름을 뵈지 않게 하는 시간이며 청년의 미숙함이 나타나지 않는 시간이며 승자의 뽐냄도 패자의 억울함도 노출되지 않는 시간이며 미녀의 미도 추녀의 추도 발언권을 잃는 시간이며 만상이 제대로의 품위와 가치로서 나타날 수 있는 시간이라고도 했다.

　이런 시간 속을 450만이 붐비는 하계를 향해 내려오는 동식의 그 모습은 자라투스트라를 닮아 고고했고 그 가슴엔 자라투스트라의 이친이 은은하게 메아리치고 있었다.

'진실로 인간은 더러운 강물과도 같다. 스스로를 더럽힘 없이 더러운 강물을 받아들이기 위해선 모름지기 바다가 되어야만 하는 것이다.'

운명의 마루에 핀 사랑의 원념

─ 〈쥘부채〉의 사상

김종회(문학평론가, 경희대 교수)

이병주의 〈쥘부채〉는 이 작가의 전체적인 작품세계를 압축해 놓은 하나의 매뉴얼과도 같다. 1969년《세대》에 발표되었으니, 늦깎이 작가의 초년병 시절이다. 단편으로서는 약간 길고 중편으로서는 좀 짧은 분량 속에 그의 소설이 가진 문학적 성격들이 모두 요약되어 있는 형국이다.

체험의 역사성, 이야기의 재미, 박학다식과 박람강기, 지역적 특성 등이 저마다의 빛깔로 웅크리고 잠복해 있는 가운데로, 시대사의 질곡에 침몰할 수밖에 없었던 두 젊은이의 사랑과 그

원념이 화살처럼 꿰뚫고 지나간다. 그리고 이 기막힌 광경을 목도하는 관찰자의 눈이 있다.

관찰자의 이름은 이동식. 많이 귀에 익었다 싶으니, 곧《산하》에 등장하는 그 해설자이다. 이름만 다를 뿐 이 이동식은《관부연락선》의 이 선생이나《지리산》의 이규 등과 '동명동인'이기도 하고 '이명동인'이기도 하다. 그의 눈에는 '문文·사史·철哲'이 함께 비친다. 그는 소설의 이야기를 밀고 나가는 추동력이면서 동시에 등장인물들 사이의 관계와 간극을 조정하는 캐릭터로 기능한다. 이 역할을 통해 소설에 담은 사상을 분석하고 해설하는 역할을 맡았으니, 이를테면 작가의 분신에 해당된다.

이동식이 어느 겨울 서대문 교도소 부근 눈길에서 부채 하나를 줍는다. 쥘부채. 길이 7센티미터, 두께 2센티미터가 조금 넘는, 손아귀에 꼭 들어오는 크기이다. 그 솜씨의 섬세함과 정교함이 '음습한 요기마저 감도는 느낌'이다. 이 용의주도한 관찰자가 그냥 넘어갈 리 없다.

그런데 이 작은 부채 하나로부터 역사의 산마루를 넘다가 추락한 운명적 사랑의 잔해를 발굴해 내는 작가의 기량은, 요

즘처럼 경박한 문학 풍토에 비추어 보자면 거의 신기에 가깝다. 거기 타고난 이야기꾼으로서 작가 이병주의 면모가 빛나는 대목이기도 하다. 모든 문제의 해답이 문제 내부에 있듯, 쥘부채의 해답 또한 부채 안에 있었다.

남자를 상징하는 나비를 크게 비긴 것을 보면 부채를 만든 사람은 틀림없이 여자다. 그리고 나비의 날개에 남겨진 ㄱ,ㄷ,ㄱ은 남자의 이름일 게고 나리꽃의 술에 달린 ㅅ,ㅁ, ㅅ은 여자의 이름이다.

나비와 꽃. 이것을 해명하긴 어렵지 않다. '당신은 죽어서 나비가 되고, 나는 죽어서 꽃이 되리라.'고 이 나라에 전해 내려온 상문상사相聞相思의 노래에 불행한 애인이 불행한 애인에게 대한 애절한 사랑을 담아본 것일 게다. 그러니까 상사의 부채다.(〈쥘부채〉, 본문 57쪽.)

신실한 해설자요 기록자인 이동식은 한 형무관을 쫓아 기어이 'ㅅ,ㅁ,ㅅ'의 존재를 확인한다. 그날 새벽 여사女舍에서 병사한 시체 하나가 가족에게 인도되었는데, 그 이름이 신명숙이다. 인수자의 이름과 주소가 적힌 쪽지, 그리고 1950년대에 비상조치법 위반으로 수감되어 17년을 산 사연도 전해 받는다. 이 어려운 숙제의 화두가 풀리자 그 다음은 한결 쉽다. 물론 그 끝에 소설의 결말이 있다.

M동 산 13번지를 찾아간 그날, 그 집에선 만만찮은 소동이 벌어져 있다. 병사자의 이모네가 영혼 성례식을 시키려 하는데, 어떤 '거의 마흔 가까이 돼 뵈는 사람'이 나타나 성례를 하려면 자기 형님하고 해야 한다고 가로막고 나선 것이다. 이동식은 형의 이름을 물었다. 강덕기, 'ㄱ,ㄷ,ㄱ'이었다. 그렇다면 이 방정식은 우리 해설자의 증언을 통해 파탈 없이 순조롭게 풀릴 수 있다. 참으로 기막힌 한 편의 드라마, 아니 소설적 구조가 아닐 수 없다.

'부채가 할 일과 내가 할 일은 끝났다.'

그날 새벽, 부채가 거기에 떨어져 있지 않았더라도, 그것을 자기가 줍지 않았더라도 영혼끼리의 결혼이나마 어색스럽게 되었을 것이라고 생각하니 사람의 집념은 기필코 기적을 낳을 수 있는 것이란 확신을 얻었다. 동식에겐 이 확신이 소중한 것인지 몰랐다. (《절부채》, 본문 102쪽.)

당연히 그에게 그 확신은 소중하다. 그것이 결혼하여 미국으로 떠나 버린 애인 '성녀' 문제나, '누항에 묻혀 사는 은사' 유 선생과의 불란서 희곡 읽는 모임의 토론 등 자신의 삶에 적용되어 일정한 답안을 산출할 것이기 때문이다. 그러나 그것은 소설로 말하자면, 여기에서의 중심 줄기와는 또 다른 이야기가 된다.

이제껏 살펴본 스토리의 흐름은, 그야말로 이 소설의 뼈대만을 간추린 것이다. 한 편의 소설은, 더욱이 이병주의 소설은 간략하게 정돈하기 어려운 많은 사유와 소재와 이야기의 굴곡을 거느리고 있다. 한 인간이 가진 집념과 그것을 성취시키는 섭리, 또는 우리의 생활 주변에 편만한 신비의 가능성 등속을 줄거리만을 위주로 배치한다고 해서 소설이 되는 것은 아닌 까닭에서이다.

무엇보다도 먼저 이병주는 이 소설을 한국 근대사의 질곡에 잇대어 놓았다. 신명숙이 수감되던 1950년은 6·25동란이 발발한 해이다. 그리고 신명숙의 죄명은 비상조치법 위반이었으며 그 가슴에 품고 간 강덕기가 사형을 당하였다. 이는 두말할 나위도 없이 민족분단과 비극의 결정체를 말한다. 소설을 쓰기 위해서라고 형무관에게 접근했던 이동식이 연행되어 배후를 밝히라는 취조를 받은 것 역시 아직도 남아 있는 그것의 잔재라 할 수 있다. 역사적 비극과 개인의 고통이 명료하게 마주친 사례가 여기에 있는 셈이다.

'강덕기가 신명숙을 꾀어서 산으로 들로 돌아다니다가 저는 붙들려 죽고 신명숙에게 무기징역을 받게 했다'는, 노파가 된 이모의 증언, 그 산하가 지리산일 것은 그곳 출신 '최'의 등장으로 거의 확실해 보인다. 대표적인 작품 《지리산》의 무대, 한국형 좌익 파르티잔의 집결지, 작가의 고향인 지리산이 얼핏 얼굴을 비치는 것이 결코 심상한 일이 아니라는 뜻이다.

이들에 비해 "내가 살아온 세상! 이건 장난이 아닌가!"라는 이동식의 회한은 오늘의 우리가, 우리 작가들이 귀담아 들어야 할 전언이다. 작가는 스스로 '소설? 어림도 없는 이야기다.'라고 적었다. 꾸며 낸 이야기가 도저히 감당할 수 없는 현실의 박진감을 체득한 작가가 실록소설의 길로 나아간 것은 어쩌면 이미 예정된 일일지도 모른다.

재야의 인물 유 선생의 입을 빌린 조선 공산당에 대한 신랄한 비판은 따로 주목할 만한 값이 있다. 우리 문학에서 드물게 정치적으로 토론이 가능한 이 작가의 세계가 흥왕하게 전개되기 이전에, 우리는 여기서 그 논의의 시발을 목격할 수 있다. 미상불 그 유 선생의 희곡 읽기 모임은 당대 젊은 세대들의 입을 열어 둔 열린 개념의 토론장이다. 정치를 하려면 두 가지 길과 양면이 있다는 유 선생의 변론이나 민주주의·개헌·대통령에 대한 학생들의 토론 등은 괄목할 만한 주의주장과 반론의 모양새를 갖췄다.

　　그런가 하면 설악산 조난사고를 두고 있을 수 있는 여러 방향에서의 관찰이 마치 네카의 입방체를 보듯이 자유롭게 이루어진다. 이를 자기의식 속에 수렴하고 합당한 의미를 부여하는 것은 이동식의 몫이다. 그를 통해 '사자死者는 영원히 젊다.'는 사상(?)이 사상이 될 수 있을까?

　　　수천 년 동안 젊음을 냉동할 수 있는 얼음 자국이 쌓인 눈, 설악! 그들은 죽음으로써 영원한 젊음을 설악에서 얻었나. 나가신 죽음을 그들은 어떻게 맞이했을까. 프로메테우스처럼 비장한 얼굴이었을까, 헤라클레스처럼 단호한 표정이었을까. 아마 고통은 없었을 게다. 냉정하고 슬기로운 정신을 담은 채 육체가 그대로 동상마냥 빙화했을 것이니 말이다. 축축이 젖어오는 습기와 더불어 육체가 얼어 가면 의식은 잠들 듯 조용해지고 완전히 얼어 버린 순간 가냘픈 생명은 촛불처럼 꺼지고, 눈은 쉴 새 없이 내리고 쌓여 순백의 무덤을 만든다. 이집트 황제의 무덤보다 거대하고 페르시아의 궁전보다 찬란한 무덤. 설악산은 이제 막 젊은 영웅들의 죽음을 안고도 움직이지 않고 슬퍼하지 않는다.(〈쥘부채〉, 본문 12쪽.)

이 '찬란한' 죽음의 사상은, 그것이 레토릭으로 표현될 때 공명을 불러일으키지만, 현실에서는 문면 그대로일 리 없다. 설악산의 눈은 히말라야의 만년설과는 다르다. 실제로 소설의 후반부에서도 그것을 보여 준다. 그러나 소설은 그 현실보다 앞선 상상력, 또는 이병주 식 사상의 자양분을 저력으로 하는 유별난 유기체이다. 소설이 체험의 인간학이요 인간의 삶을 여러 대칭적 구도를 통해 드러내는 복합적 의식의 소산임을 그의 소설이 증거한다.

　소설의 말미에서 이동식은 "강덕기가 처형을 당하고 신명숙이 17년의 청춘을 묻은 서대문 교도소가 장난감처럼 눈 아래 보이는" 산에 올라 쥘부채를 태운다. 신명숙의 염원이 자줏빛 연기가 되어 대기에 섞이면, 그 집념이 우주에 미만彌滿하게 되고 마침내 생명전생生命轉生의 기적을 나타내리라는 상념과 더불어서이다. 이처럼 현실과 상상의 아득한 거리를 한달음에 뛰어넘는 소설적 발화법은, 곧 그의 문학이 사상 또는 철학적 적용의 다양한 모티브들과 행복하게 악수하고 있음을 말해 준다.

작가
연보

1921	3월 16일 경남 하동군 북천면에서 아버지 이세식과 어머니 김수조 사이에서 태어남.
1933	양보공립보통학교 13회 졸업.
1940	진주공립농업학교 27회 졸업.
1943	일본 메이지대학 전문부 문예과 졸업.
1944	와세다대학 불문과에 재학 중 학병으로 동원되어 중국 쑤저우蘇州에서 지냄.
1948	진주농과대학과 해인대학(현 경남대학)에서 영어, 불어, 철학을 강의.
1954	문단에 등단하기 전《부산일보》에 소설《내일 없는 그날》연재.
1955	《국제신보》에 입사, 편집국장 및 주필로 언론계에서 활동.
1961	5·16 때 필화사건으로 혁명재판소에서 10년 선고를 받고 복역 중 2년 7개월 후에 출감. 외국어대학, 이화여자대학 강사를 역임.
1965	중편〈소설·알렉산드리아〉를《세대》에 발표함으로써 문단에 등단.
1966	〈매화나무의 인과〉를《신동아》에 발표.

1968   〈마술사〉를 《현대문학》에 발표. 《관부연락선》을 《월간중앙》에 연재(1968. 4.~1970. 3.) 작품집 《마술사》(아폴로사) 간행.

1969   〈쥘부채〉를 《세대》에, 〈배신의 강〉을 《부산일보》에 발표.

1970   《망향》을 《새농민》에 연재, 장편 《여인의 백야》(문음사) 간행.

1971   〈패자의 관〉(《정경연구》) 등 중단편을 발표하는 한편, 《화원의 사상》을 《국제신보》, 《언제나 은하를》을 《주간여성》에 연재.

1972   단편 〈변명〉을 《문학사상》에, 중편 〈예낭풍물지〉를 《세대》에, 〈목격자〉를 《신동아》에 발표. 장편 《지리산》을 《세대》에 연재. 장편 《관부연락선》(신구문화사) 간행. 영문판 〈예낭풍물지〉, 장편 《망각의 화원》 간행.

1973   수필집 《백지의 유혹》(강남출판사) 간행.

1974   중편 〈겨울밤〉을 《문학사상》에, 〈낙엽〉을 《한국문학》에 발표. 작품집 《예낭풍물지》 영문판(세대사) 간행.

1976   중편 〈여사록〉을 《현대문학》에, 단편 〈철학적 살인〉과 중편 〈망명의 늪〉을 《한국문학》에 발표, 창작집 《철학적 살인》(한국문학), 《망명의 늪》(서음출판사) 간행.

1977   중편 〈낙엽〉과 〈망명의 늪〉으로 한국문학작가상과 한국창작문학상 수상, 창작집 《삐에로와 국화》(일신서적공사), 수필집 《성—그 빛과 그늘》(서울물결사), 《바람과 구름과 비》(동아일보사) 간행.

1978	중편 〈계절은 그때 끝났다〉, 단편 〈추풍사〉를 《한국문학》에 발표. 《바람과 구름과 비》를 《조선일보》에 연재, 창작집 《낙엽》(태창문화사) 간행, 장편 《망향》(경미문화사), 《허상과 장미》(범우사), 《조선일보》에 연재되었던 《미와 진실의 그림자》(대광출판사), 《바람과 구름과 비》(물결출판사) 간행. 수필집 《사랑받는 이브의 초상》(문학예술사), 《허상과 장미》(범우사), 칼럼 《1979년》(세운문화사) 간행.
1979	장편 《황백의 문》을 《신동아》에 연재, 장편 《여인의 백야》(문음사), 《배신의 강》(범우사), 《허망과 진실》(기린원) 간행, 수필집 《사랑을 위한 독백》(회현사), 《바람소리, 발소리, 목소리》(한진출판사) 간행.
1980	중편 〈세우지 않은 비명〉, 단편 〈8월의 사상〉을 《한국문학》에 발표. 작품집 《서울의 천국》(태창문화사), 소설 《코스모스 시첩》(어문각), 《행복어 사전》(문학사상사) 간행.
1981	단편 〈피려다 만 꽃〉을 《소설문학》에, 중편 〈거년의 곡〉을 《월간조선》에, 중편 〈허망의 정열〉을 《한국문학》에 발표. 장편 《풍설》(문음사), 《서울 버마재비》(집현전), 《당신의 성좌》(주우) 간행.
1982	단편 〈빈영출〉을 《현대문학》에 발표. 《그해 5월》을 《신동아》에 연재. 작품집 《허망의 정열》(문예출판사), 장편 《무지개 연구》(두레출판사), 《미완의 극》(소설문학사), 《공산주의의 허상과 실상》(신기원사), 수필집 《나 모두 용서하리라》

(대덕인쇄사), 《용서합시다》(집현전), 소설 《역성의 풍·화산의 월》(신기원사), 《행복어 사전》(문학사상사), 《현대를 살기 위한 사색》(정음사), 《강변 이야기》(국문) 간행.

1983   중편 〈그 테러리스트를 위한 만사〉를 《한국문학》에, 〈소설 이용구〉와 〈우아한 집념〉을 《문학사상》에, 〈박사상회〉를 《현대문학》에 발표, 작품집 《그 테러리스트를 위한 만사》(홍성사), 고백록 《자아와 세계의 만남》(기린원), 《황백의 문》(동아일보사) 간행.

1984   장편 《비창》을 문예출판사에서 간행, 한국 펜문학상 수상, 장편 《그해 5월》(기린원), 《황혼》(기린원), 《여로의 끝》(창작문예사) 간행. 《주간조선》에 연재되었던 역사기행 《길 따라 발 따라》(행림출판사), 번역집 《불모지대》(신원문화사) 간행.

1985   장편 《니르바나의 꽃》을 《문학사상》에 연재. 장편 《강물이 내 가슴을 쳐도》와 《꽃의 이름을 물었더니》, 《무지개 사냥》(심지출판사), 《샘》(청한), 수필집 《생각을 가다듬고》(정암), 《지리산》(기린원), 《지오콘다의 미소》(신기원사), 《청사에 얽힌 홍사》(원음사), 《악녀를 위하여》(창작예술사), 《산하》(동아일보사), 《무지개 사냥》(문지사) 간행.

1986   〈그들의 향연〉과 〈산무덤〉을 《한국문학》에, 〈어느 익일〉을 《동서문학》에 발표, 《사상의 빛과 그늘》(신기원사) 간행.

1987   상편 《소설 일본 제국》(문학생활사) 《유명의 덫》(문예출판

사), 《니르바나의 꽃》(행림출판사), 《남과 여 — 에로스 문화사》(원음사), 《남로당》(청계), 《소설 장자》(문학사상사), 《박사상회》(이조출판사), 《허와 실의 인간학》(중앙문화사) 간행.

1988 《유성의 부》(서당) 간행, 대하소설 《그해 5월》을 《신동아》에, 역사소설 《허균》을 《사담》에, 《그를 버린 여인》을 《매일경제신문》에, 문화적 자서전 《잃어버린 시간을 위한 메모》를 《문학정신》에 연재, 《행복한 이브의 초상》(원음사), 《산을 생각한다》(서당), 《황금의 탑》(기린원) 간행.

1989 《민족과 문학》에 《별이 차가운 밤이면》 연재. 장편 《소설 허균》, 《포은 정몽주》, 《유성의 부》(서당), 장편 《내일 없는 그날》(문이당) 간행.

1990 장편 《그를 버린 여인》(서당) 간행, 《꽃이 된 여인의 그늘에서》(서당), 《그대를 위한 종소리》(서당) 간행.

1991 인물평전 《대통령들의 초상》(서당), 《달빛 서울》(민족과 문학사) 간행, 《삼국지》(금호서관) 간행.

1992 《세우지 않은 비명》(서당) 간행. 4월 3일 오후 4시 지병으로 타계. 향년 72세.

1993 《소설 정도전》(큰산), 《타인의 숲》(지성과 사상) 간행.

김윤식

서울대학교 국어국문학과와 동 대학원을 졸업했고 1962년《현대문학》에 〈문학사방법론 서설〉이 추천되어 문단에 발을 들여놓았다. 한국 근대문학에서 근대성의 의미를 실증주의 연구 방법으로 밝히는 데 주력했으며 특히 1920~1930년대의 근대문학과 프롤레타리아문학이 가지는 근대성의 의미를 밝히고자 했다. 1973년 김현과 함께 펴낸《한국문학사》에서는 기존의 문학사와는 달리 근대문학의 기점을 영·정조 시대까지 소급해 상정함으로써 뜨거운 논쟁을 불러일으키기도 했다. 현대문학신인상, 한국문학작가상, 대한민국문학상, 김환태평론문학상, 팔봉비평문학상, 요산문학상 등을 수상했으며 저서로《문학사방법론 서설》,《한국문학사 논고》,《한국 근대문예비평사 연구》,《황홀경의 사상》,《우리 소설을 위한 변명》,《한국 현대문학비평사론》 등이 있다.

김종회

경희대학교 국어국문학과와 동 대학원을 졸업했고 1988년《문학사상》을 통해 평단에 나왔다. 김환태평론문학상, 한국문학평론가협회상, 시와시학상, 경희문학상을 수상했으며 2008년에는 평론집《문학과 예술혼》,《디아스포라를 넘어서》로 유심작품상, 편운문학상, 김달진문학상을 수상했다. 특히《디아스포라를 넘어서》는 남북한 문학 및 해외동포 문학의 의미와 범주, 종교와 문학의 경계, 한국 근대문학의 경계 개념을 함께 분석한 평론집으로 평가받고 있다. 저서로《한국소설의 낙원의식 연구》,《위기의 시대와 문학》,《문학과 전환기의 시대정신》,《문학의 숲과 나무》,《문화 통합의 시대와 문학》 등이 있으며 엮은 책으로《북한문학의 이해》,《한민족 문화권의 문학》,《한국 현대문학 100년 대표 소설 100선 연구》,《문학과 사회》 등이 있다.